SV

Dietmar Dath
Deutschland macht dicht

Eine Mandelbaumiade

Mit Bildern von Piwi

Suhrkamp

Die Illustrationen im Buch stammen von Christopher Tauber (Piwi).
Der Umschlag wurde gestaltet von Hermann Michels und
Regina Göllner unter Verwendung einer Zeichnung von Piwi.

Erste Auflage 2010
© Suhrkamp Verlag Berlin 2010
Druck: Memminger MedienCentrum AG
Printed in Germany
ISBN 978-3-518-42163-5

1 2 3 4 5 6 – 15 14 13 12 11 10

Deutschland macht dicht

To Harlan Ellison, again,
in debt for all the stories
&
To Susan Ellison,
without whom ...

Man könnte meinen, eure Erklärung sei für eine kleine Herde menschlicher Kreaturen gegeben worden, die in einem Winkel der Welt eingepfercht ist, nicht aber für eine riesige Familie, der die Natur die ganze Erde zu ihrem Besitz und zu ihrer Wohnstatt gegeben hat.

Robespierre an den Nationalkonvent, 24. April 1793

Den Vorhang reißt auf
Es singt das Land
Es liegt der Hund begraben

Kristof Schreuf

CAVE CANEM

Alles in diesem Buch ist erfunden, aber nicht
so weltfremd wie das, was sie Nachrichten nennen.

1.
Schöner Junge

In der hübschen, aber viel zu teuren deutschen Stadt Frankfurt am Main lebte ein junger Mann. Wer ihn anschaute, fand ihn schön: schwarzhaarig, mit Augen voll Seele, nicht zu scharfen, keineswegs aber weichen Gesichtszügen, ein bißchen muskulös, ein bißchen traurig, ein bißchen schlampig. Er trug sich mit heftigen Absichten und war auf genau die richtige Art und Weise frech. Viel redete er nicht. Aber was er sagte, das saß.

Die aus eigener Schuld Dummen und Elenden hatten Angst vor ihm. Von denen gab es viele.

Manchmal stieß er in der U- oder S-Bahn gegen ferngesteuerte Bankidioten, die sich auf albernen Metallrollern zwischen den Menschenströmen in langen Trippel- und kurzen Gleitphasen fortbewegten. Dann maß er sie von oben bis unten und sagte, nicht laut, aber deutlich, den Satz: »Du gehörst beseitigt.«

Im Rieseneinkaufszentrum »My Zeil« wollte er einmal eine von aufgetakelten Lebedamen blockierte Furt zwischen zwei Parfümtheken passieren. Sie gaben ihm den Weg nicht frei. Da hob er beide Arme und sprach: »Laß mich durch, ich muß Geschenke für tolle Frauen kaufen, ihr wißt ja, wie das ist, seid ja auch tolle Frauen!«

Die Lebedamen lachten und verliebten sich. Er durfte durch.

Der schöne Junge besuchte das vernünftigste Gymnasium der Stadt. An Dienstagvormittagen fragte ihn dort manchmal seine Mathematiklehrerin, warum er montags nicht zum Unterricht erschienen war. Er guckte jedesmal traurig, wenn er ihr, mit leichten Variationen im Wortlaut, dann erklärte: »Wissen Sie, das ist so: Leider war ich tot. Kommt vom Feiern.« Sie sah es ein; er galt stets als entschuldigt. Diese Art Überzeugungskraft war es, die dem schönen Jungen bei allen, die ihn kannten, Respekt verschaffte.

Unter der Woche stand er abends mit seinen älteren Rocker-Brüdern und deren türkischen Hip-Hop-Kumpels gewöhnlich an der Galluswarte herum. Wenn er dort die zermürbten Redakteure der Erhabenen Zeitung sah, die eben ihren Arbeitsplatz verlassen hatten, um zu Frau und Kind zu fahren, rief er ihnen hinterher, während sie in die Pendelzüge stiegen: »Hey Süßer! Den ganzen Tag mitschreiben macht fett und verrückt!«

Oft sah ihm Jesus Christus aus der Deckung dabei zu.

Jesus Christus hatte ein Hobby: Er interessierte sich aus Liebe zum Nochniedagewesenen stets für die bestmöglichen Menschen. So stand der Heiland mitunter am Wasserhäuschen oder oben am Gleis, auch mal unauffällig neben der Litfaßsäule, und spähte nach dem schönen Jungen.

Man erkannte den Erlöser selten; Jesus Christus trug zu dieser Zeit einen langen Mantel, schwarze Jeans, mal ein T-Shirt, mal ein Hemd, immer feste Stiefel und einen schwarzen Cowboyhut. Als er den schönen Jungen nach Wochen und Monaten der eingehenden Beobachtung schließlich gut genug kannte, um sich über dessen Witze nicht mehr zu wundern, beschloß er, für einige Zeit aus dieser Geschichte zu verschwinden, denn es gab vor seiner Rückkehr einiges zu erledigen.

Ein Angestellter der Erhabenen Zeitung sagte dem schönen Jungen eines Tages aus Versehen beinahe die ganze Wahrheit. Das geschah bei einem der Spottflirtspiele, die der schöne Junge gegen diese Leute losließ. Der übermüdete Redakteur drehte sich um, betrachtete den schönen Jungen von oben bis unten, wie dieser sonst die verwirrten Banker zu betrachten pflegte, die ihm vor die Füße rutschten, und stellte ruhig fest: »Ich weiß, junger Mann. Ich weiß, daß es fett und verrückt macht, wenn man den ganzen Tag mitschreibt. Ich weiß bloß nicht mehr, wie ich nach Hause finden soll.«

»Spannend«, maulte der schöne Junge.

Der Redakteur nickte: »Ja. Spannend. Wissen Sie, die Verbindungen und Straßen stimmen nicht. Die ganze Anlage der Stadt und überhaupt Deutschland, das stimmt alles nicht mehr. Und die Sache wird immer schlimmer werden, bis der Stoffhase kommt. Der haut uns vielleicht raus. Könnte ja sein. Man weiß es nicht.«

Der schöne Junge wußte eine Erwiderung: »Fett bist du noch nicht. Aber verrückt schon.«

Der schöne Junge hieß Hendrik.
Seine Familie hatte nicht viel Geld, da sich sein Vater, ein bedeutender Professor, zu viele Kinder gewünscht und Hendriks Mutter die ungeschickterweise sogar gekriegt hatte.
Weil aber Hendrik der klügste und jüngste von vier Brüdern war und sein Vater als bedeutender Professor wenigstens einen Nachkommen haben wollte, der

ihm keine Schande machte, durfte Hendrik das vernünftigste Gymnasium der Stadt besuchen.

Dort war er mit zwei Mädchen gut bekannt. Sie hießen Rosalie und Clea.

Rosalie Vollfenster schaute zwischen langen glatten dunklen Haaren kritisch in die Welt und war furchtbar gescheit. Ihr Vater litt an keiner Armut, sondern war einer der Herausgeber der Erhabenen Zeitung. Clea Pinguin (den Nachnamen sprach man französisch aus: »Pängwäh«) brachte bei Unruhe die blonden Strähnen zum Wippen und war arg eingebildet. Ihre Mutter hatte sogar noch mehr Geld als Vater Vollfenster, weil sie als junge Frau vor lauter Schönheit von einem Glück ins andere gestolpert war.

Rosalie Vollfenster und Clea Pinguin hatten eines gemeinsam: Sie hätten beide gern was mit Hendrik angefangen. Hendrik, der sonst alles wußte, was er wissen wollte, hatte aus gut versteckter Tapsigkeit leider keine Ahnung, was er mit den beiden Mädchen anfangen sollte. So kam es, daß er keine Entscheidung zwischen ihnen traf. Die wäre ihm, wenn er einen guten Grund dafür gewußt hätte, eigentlich leichtgefallen: Clea fand er putzig, aber fade; Rosalie hatte er heimlich sehr lieb.

Die Heimlichkeit dieses Liebhabens war allerdings derart heimlich, daß er selbst fast gar nichts davon mitbekam. Der Groschen rollte und rollte, immer im Kreis herum, und wollte einfach nicht fallen.

Schließlich brachte ihn Rosalie, eher nebenbei als gezielt, zumindest auf eine Idee, was man mit Clea anfangen konnte. Aus dem, was dann geschah, ergab sich etwas, das er schließlich nicht mit Clea, sondern doch noch mit Rosalie anfing: die mehr oder weniger notwendige Rettung Deutschlands.

Davon soll hier erzählt werden.

2.

Bei den Unterrichteten

Die Erhabene Zeitung erlebte einen turbulenten Tag.

Die Konferenz aller Ressorts im fünften Stock des verglasten Schlachtschiffbaus, in dem alles redigiert wurde, was diese Zeitung brachte, stand im Zeichen zahlreicher Beschwerden und Sorgen der Beschäftigten. Die Leitenden Kräfte hatten ihre liebe Not damit, der Stimmung Herr zu werden. Unzufrieden war man vor allem mit den neuen Redaktionsboten, überzüchteten Menschenaffen und per Hirnchip-Upgrade verbesserten Delphinen in fahrbaren Tanks, die man Versuchsanstalten großer Pharmaunternehmen preiswert abgenommen hatte.

»Die Tanks kommen bei uns nicht durch die Tür«, moserte jemand vom Sport.

»Der neue Affe klaut Bücher. Vor allem Bilderbücher«, beschwerte sich eine Dame von der Kunst.

»Wir hätten die alten Boten nie ausmustern dürfen. Sie waren langsam, mißmutig und böswillig, aber es waren doch, wie sagt man? Menschen!« faßte ein Herr vom Regionalen zusammen.

»Denken Sie, das sind Probleme?« blaffte der für die Wirtschaft zuständige Herausgeber, der am Kopfende der viereckigen Sitzanordnung saß. »Was glauben Sie, was in Deutschland los ist?« ergänzte er seinen Ausbruch. Dann nickte er seinem dienstältesten Wirtschaftsdenker zu. Dieser räusperte sich.

Es gab ein polterndes Geräusch an der Tür, weil einer der Affen einen der Delphintanks mit Absicht gegen die Wand gekippt hatte. Die neuen Boten wußten nämlich, worüber drinnen heute geredet wurde (es gab eine undichte Stelle im Ressort »Deutschland und die Welt«).

Der Herausgeber für Politik warf im Aufspringen seinen Stuhl um, stieß die Türflügel auseinander, trat gegen den gekippten Tank und rief: »Herrgott! Sind wir denn im Zoo? Wir sind nicht im Zoo!«

Als er an den langen Tisch zurückgekehrt war, räusperte sich der dienstälteste Wirtschaftsdenker erneut, bis er alle Blicke auf sich spürte. Dann erzählte er sachlich, was in Deutschland los war: Die Autoindustrie hätte »rein von den vorhandenen Produktivitätskapazitäten her« noch zwanzigmal so viele unverkäufliche Autos produzieren können, wie sie bereits ausstieß. Die großen Familienkaufhäuser schmolzen in der Sonne. Der nicht vermittelbare Arbeitsmarktnachschub roch strenger als der Butterberg. Marsraketen weigerten sich, zu starten; Sozialdemokraten saßen drin.

»Lieber Gott, und der Nachwuchs«, mischte sich eine seiner weniger erfahrenen Kolleginnen ein, »nahörnsemirauf. Der Bunzler …«

»Wer?« fragte der Politikherausgeber streng. Die Dame faßte sich mit Mühe und sagte: »Verzeihung. Der … Bundeskanzler … selber … selbst hat schon wieder zweihundert hochmotivierte, topqualifizierte junge Leute auf die Straße gesetzt, die ihn in Berlin über die arabische Welt, die High-Tech-Zukunft und die Trends bei der Jugend beraten haben. Wollen jetzt alle in die Medien. Melden sich bei uns. Und Verwaltungsstellen, ach Gott … Da kriegt man massenhaft Bewerbungen von Top-Juristen, die früher alle in die Anwaltskanzleien gegangen sind oder in die Wirtschaft. Die suchen Unterschlupf beim Staat. Es sieht übel aus, das kann ich Ihnen sagen.«

Die Damen und Herren, die diese finstere Debatte führten, waren nicht irgendwelche kopflosen Meinungszwerge. Es handelte sich um Leute mit Licht im Hirn, um literarische Begabungen mit ansteckenden rhetorischen Leidenschaften, um anmutige Geschöpfe, die etwa ein Schillergymnasium besucht, nach dem juristischen Staatsexamen ihr Herz für den Journalismus entdeckt, nach Diplomprüfungen als Soziologen ihre erste Buchkritik geschrieben, Werkausgaben von unsterblichen Kriminalschriftstellerinnen kommentiert, eine Verlagskaufmannsausbildung abgeschlossen, über Dichte- und Temperaturverteilung in der Hochatmosphäre der Erde promoviert, in Prag die Filmschule kennengelernt, eine Tätigkeit im NATO-Hauptquartier hinter sich gebracht, eine vielbeachtete Arbeit über Alban Berg verfaßt oder in Heidelberg das Graecum absolviert hatten.
Es waren die Besten.
Sie wußten, wovon sie schrieben und redeten.
Was nun anstand, in dieser neuen, ernsten Lage, wollten sie dringend herausfinden.

»Es ist alles erst der Anfang«, faßte ein bärtiger Mann mit gemütlichem Gesichtsausdruck, der für die Kultur zuständige Herausgeber Bernd Vollfenster, der noch am nämlichen Tag zu einer wichtigen Amerikareise aufbrechen sollte, mit morbider Verve zusammen. Der Mensch, der sich über die Delphine beschwert hatte, konnte einen Zwischenruf nicht unterdrücken: »Der Anfang? Nein! Das ist das Ende!«

»Eben«, stimmte Vollfenster zu, »genau das ist die Situation: Dieses Ende ist erst der Anfang!«

3.

In Amerika

»Doof!« schimpfte Rosalie.

Hätte ihr Vater ihr tatsächlich ein Kuscheltier geschenkt, als ihm das auf dem Frankfurter Flughafen spontan eingefallen war – »Ich mag keine Tiere, weder echte noch solche!« hatte sie geschimpft und damit den Einfall vernichtet –, dann hätte sie das Viech jetzt wenigstens schlagen oder würgen können.

Und hätte er ihr in der Flughafenbuchhandlung ein Buch gekauft – »Diesen Harry Potter, willst du das nicht doch mal ausprobieren?« – »Ich mag keine Bücher, ich will Zeitschriften!« hatte sie genörgelt und damit auch diese zweite Idee zerstört –, dann hätte sie es jetzt immerhin zerrupfen oder an die Wand werfen können.

»Doof! Doof und … und doof!«

Drei Wochen Amerika, inklusive Wüste, Las Vegas, Los Angeles und New York: eigentlich prima. Aber daß das alles mit einem Geschäftstermin in diesem heißen, müden, eidechsenstarren Südstaatennest losgehen mußte, offenbar einem streng geheimen Treffen, zu dem sie nicht mitdurfte, weil es dabei um das Schicksal Deutschlands ging und andere dicke Dinger, das stank nach faulen Eiern.

»Unser Hotel wirst du mögen. Ist nicht so ein Betonkasten, sondern ein schönes weißes Holzhaus mit Balkon. Wir haben praktisch eine eigene Wohnung. Jeder kriegt ein Zimmer, du kannst da kochen und fernsehen. Außen rum stehen viele schöne Bäume, tolle Landschaft, ein schöner Fluß, weiter Himmel …«

Das stimmte alles; von den schönen Bäumen hingen sogar ganz fantastische Hängemoosgardinen herunter.

Die Ankunft gestern abend, samt Essengehen im »Reel Café«, war aufregend und toll gewesen.

Dieser Mittag jetzt aber: »Doof! Vollständig und extremst doof!«

Es gab kein Kuscheltier und auch kein Buch zum Würgen oder Schmeißen, nur Rosalie, die luftig gigantischen Kissen, das Bett, auf dem sie lag, und wie sie das alles fand: »Ehrlich richtig wahnsinnig überraschend doof!«

Sie meinte damit, daß sie ortsfremd, fünfzehn Jahre alt und deshalb hier leider gefangen war. Wäre sie kein Mädchen gewesen, dachte sie ungezogen, hätte sie wenigstens die Waschmaschine suchen können, die es irgendwo im Gebäude sicher geben mußte, und in die Trommel pinkeln.

»Aber da kriege ich meinen Hintern nicht rein, wenn es keine große Trommel ist«, erklärte sie dem alten, mit Rüschenhemd und Uniform aufgemotzten Knallkopf auf dem immensen Ölbild überm Bett. Dann schlug sie mit der flachen Hand das dicke, mit detailreichen Gold- und Silberfadenstickereien verzierte Kissen zu ihrer Rechten zusammen und schrie ein Weilchen unartikuliert herum.

So böse wie diese Idee mit dem Pinkeln in die Wäschetrommel war Rosalie sonst nicht. Wer sie kannte, fand sie kein bißchen böse, eigentlich nicht mal richtig frech.

Ihr war nur langweilig wie noch nie in ihrem ganzen Leben. So langweilig würde ihr, da sie sich, ohne es zu ahnen, bereits auf dem Weg in ein ungeheures Abenteuer befand, nie wieder sein.

Vielleicht hätte sie die trübe Laune, in der sie schwamm, sogar genießen können, wenn sie gewußt hätte, was ihr, einmal zurück in Deutschland, bald passieren mußte. Da sie davon jedoch keinen Schimmer hatte, dachte sie an anderes – zunächst an Durst und Hunger, die sie aber beide nicht hinreichend verspürte, um sich damit ausführlicher zu befassen, dann aber daran, daß das mit der Waschmaschine eine unverwechselbare Hendrik-Idee war. Etwas undeutlich, weil ein langes schwarzes Haarsträhnchen, an dem sie eben noch rumgelutscht hatte, im rechten Mundwinkel klebte, sagte sie: »Die Idee ist so Hendrik wie nur was.«

Prächtig: Nach drei Stunden CD-Hörerei – immer wieder ihre vier Lieblingsplatten: The Verve mit »Bittersweet Symphony«, Vanessa Carlton, Kim Richey aus der Sammlung ihrer verstorbenen Mutter und die erste Dido – nach zweimaligem Komplettdurchlesen von »Sugar« sowie »Bravo Girl« und zunehmend unzufriedenerem Blättern im amerikanischen Heftchen »Teen People« aus dem Village Market dachte sie jetzt also doch wieder an Hendrik. Zum Glück gehörte das Wort »Sehnsucht« nicht zu Rosalies aktivem Wortschatz. Diese Sachen werden schlimmer, wenn man weiß, wie sie heißen. »Doof! Riesendoof! Weltüberdoof!«

Den Ausdruck hatte sie ebenfalls von Hendrik – so ging seine Lieblingssteigerung: Ein gutes Musikstück zum Beispiel war ein Hit, ein besseres ein Überhit und das beste ein Weltüberhit.

Adressat der Beschwerde betreffs Weltüberdoofheit von Rosalies gegenwärtiger Situation war genaugenommen niemand. Stur starrte sie beim Maulen nach oben auf das Lichtviereck in der Decke.

Rosalie griff nach dem Bündel Dollarscheine auf dem Nachttisch – »Trinkgeld, wenn du dir was aufs Zimmer kommen läßt« (Vater Vollfenster).

Sie faltete das Bündel auseinander, nahm einen Schein in die Hand und untersuchte Einzelheiten. Da schaute streng Herr Washington, der aufgedunsen aussah, wie Vaters dummer Bekannter Hänsel, von dem Rosalie wußte, daß er soff. Sie bewunderte die Pyramide mit dem Auge drin, den Adler und die kleinen Inschriften:

THIS NOTE IS LEGAL TENDER
FOR ALL DEBTS, PUBLIC AND PRIVATE

Treasurer of the United States.

Series 2008

Secretary of the Treasury.

Die meisten der gelbgrünen Noten waren brandneu.

Eine indes schimmelte in der Mitte angegilbt. Ihre leicht gerundeten Ecken sahen stumpf aus. Rosalie nahm den Schein in die Hand, befühlte ihn zwischen Daumen und Zeigefingern und schnupperte. Der Duft wehte sie überraschend organisch an, wie etwas vormals Lebendiges, das jetzt tot war, ein erschlafftes Salatblatt vielleicht. Rosalie schob die Muffelnote zwischen die frischen Geschwister, faltete das Bündel zusammen und schob es in die linke Jeanstasche. Von wegen Trinkgeld! Wenn überhaupt was, dann haue ich damit nachher ab und geh irgendwo flippern oder wie.

Das glaubte sie zwar selbst nicht, weil sie wußte, was so ein Ausreißen für Konsequenzen haben mußte. Aber es fühlte sich gut an, wenigstens kurz vom Ausbruch zu träumen.

Zwei Minuten schneckten todmüde vorüber. Dann schwang Rosalie sich vom Bett und trottete, plump wie ein Yeti, vornübergebeugt von der Last krepierender Zeit, ins Wohnzimmer. Dort warf sie sich auf die Couch und nahm die Fernbedienung vom kniehohen Glastisch. Ewigkeiten früher – genau vor einer Stunde – hatte sie sich schon einmal vor den Apparat gesetzt, die einundsechzig Kanäle nach zweimaligem Komplettdurchzappen aber rasch gründlich satt gehabt. Ergebnis jener enttäuschenden Erfahrung war der Vorsatz gewesen, sich lieber auf jede denkbare andere Art zu beschäftigen als mit diesem Dreck. Da der Vorsatz nicht einzuhalten war, knipste sie den Kasten an und quengelte dabei: »Hab' ich mir übrigens aber auch spannender vorgestellt, das amerikanische Fernsehen.«

Die Scheibe zeigte zwei Politiker, die sich übers Defizit, das Gesundheitssystem und Subventionen für ausgetrocknete Farmer stritten.

Zapp.

Ein Anwalt erklärte der Menschheit eine Versicherung, die man kaufen konnte. Das fand er ganz erstaunlich.

Zapp.

Trickfilmtiere spielten sich in kranken Farben auf, als hinge alles davon ab.

Zepp.

Schießerei am Fluß: Glänzende Wildweststiefel fielen schreiend vom Pferd oder schlicht um.

Zopp.

Eine künstliche Frau schrie ihre überschminkte Liebe einem Mann in dessen hohe Frisur, wo sie kleben blieb.

Zippi-Zappinchen.
Ein Geräusch aus der Wirklichkeit störte.

Rosalies Blick rutschte nach rechts, vom Schirm weg, zur Holztür mit weißer Klappjalousie. Dahinter tauchte ein schwarzes Gesicht auf, ein Junge. Rosalie erschrak. Der aus dem Nichts Erschienene trug ein knalloranges T-Shirt und khakifarbene Hosen. Seine Schuhe sah sie nicht, weil die Tür sie verdeckte. Er schaute Rosalie an, sie ihn auch, lange.

Dann merkte sie, daß da noch zwei weitere Typen in ähnlich grell sportiven Klamotten standen und laut diskutierten, auf dem grünen Rollteppich, wo ein extrem unterwürfiger Hotelangestellter heute morgen den prallen Frühstückskorb abgestellt hatte.

Rosalie lächelte, mehr aus Vorsicht als aus Freundlichkeit: Ich bin jedenfalls nicht gefährlich, okay?

Es funktionierte. Der Junge verlor das Interesse an ihr und ging nach links zum Geländer. Die Kumpels folgten. Sie stritten sich: »No … y'ain't gonna do that.«

»Try me.«

»He just be messin' wi' you.«

Lachen.

Dann schwangen sich die Leute, einer nach dem andern, übers Holzgeländer. Rosalie hörte Poltern, Rascheln: Sind sie jetzt auf dem Parkplatz gelandet? Ihr wäre das zu tief gewesen zum Runterspringen. Die drei waren sicher älter als sie – siebzehn, achtzehn Jahre? – und natürlich athletisch rausgefressen, aber trotzdem: zwei Meter, zweieinhalb, drei?

Mit plötzlich glühendem Interesse starrte Rosalie aufmerksam auf den Schirm, wo eine Sitcom über High-School-Kids voll strohdummer Liebesprobleme anfing.

Ihr Verstand verbiß sich in den Gedanken, daß sie nicht wußte, ob das da gerade harmlos gewesen war oder nicht doch etwas Gefährliches. Sie wußte nicht, woran sie war, weil sie sich in diesem Land nicht auskannte. In Deutschland hätte sie alles verstanden, das wurde ihr jetzt mit einer Art Heimwehstich in der Seele bewußt. Wieso ließ ihr blöder Vater sie überhaupt so lange hier allein? Was sollte das eigentlich für ein wichtiger Geheimtermin sein, war der wirklich nötig?

Als eine blonde Polizistin in dunkelblauer Uniform und mit einem schwarzen metallischen Stab (Lampe, Knüppel?) in der Hand vor der Tür erschien und klopfte, zuckte Rosalie zusammen. War ja klar, mein schlimmster Alptraum, jetzt werde ich komplett erschossen.
»Is this about the boys?« fragte sie, als sie der Beamtin die Tür öffnete, und wartete die Antwort gar nicht ab, sondern haspelte gleich hinterher: »I have seen the boys, there were

three black boys here …«, das englische Wort für »vorhin« fiel ihr nicht ein, sie spürte ihr Herz im Hals klopfen.

Die Polizistin nickte und lächelte: »You jus' keep yer calm there, young lady.«
Etwas an der Frau fiel Rosalie störend auf.
Sie brauchte eine Weile, um zu verstehen, daß es das Gesicht war: verwaschen, unscharf – die Nase schien, abgesehen von den beiden Löchern, bloß aufgemalt, als hätte es dem Schöpfer gefallen, diese Frau nur als Skizze auszuführen. Wozu konkrete Züge, »blond« reicht ja auch. Um

den Hals der Frau hing eine Plastikplakette mit kleinem Fotofenster, in dem man das Gesicht anschauen konnte, wie es eigentlich sein sollte.

Rosalie wußte, daß es in Amerika bereits recht viele von diesen neuartigen Menschen gab.

In Deutschland waren ihr erst wenige aufgefallen – »tja nun, billige Leute«, hatte ihr Vater dazu gesagt, als Rosalie überm Atlantik auf eine Stewardeß gedeutet hatte, die ihr unheimlich gewesen war. »Davon wird es jetzt immer mehr geben. Andere können sich die Firmen bald gar nicht mehr leisten. Das ist die Wirtschaftslage, weißt du, Mäuschen.«

Über die Schulter der Beamtin, der es nichts auszumachen schien, so angestarrt zu werden, sah Rosalie den Parkplatzwächter der Ferienhausanlage wild gestikulieren. Bei ihm stand, zwischen zwei Polizeiautos, ein dicker Mann in kurzen Hosen mit Walroßschnauzbart. Rosalie zählte rings fünf weitere Polizisten. Einer hielt einen Hund an der Leine, der sich dauernd nach vorne wegduckte, als wollte er springen, jemanden anfallen.

Die Polizistin erklärte Rosalie, die ihre Worte mehr der ungefähren als der konkreten Bedeutung nach verstand, daß die Jungs auf das Dach einer benachbarten Wohnanlage gesprungen seien, um dort einzubrechen und Fernseher, Blu-ray-player und ähnliches zu stehlen. Das eiserne Tor zum Innenhof dieser Anlage war aber verschlossen, so mußten die Spitzbuben wieder zurück aufs Dach klettern. Zu dieser Erläuterung passend fing jetzt einer der Cops auf dem Parkplatz an, die Jugendlichen per Megaphon aufzufordern, gefälligst sofort aufzugeben und herunterzuklettern.

Die Polizistin fragte Rosalie: »Where do you come from, young lady?«

»Germany.«

Die Beamtin nickte freundlich. »Isch kenne bisskn Deutsch. My dad, he was in the army, near

Frankfurt. Du … stay at your room, alright? Kauf disch Eiskrem mit telephone!«

Rosalie nickte dankbar.

Eis mit Telefon, schmeckt überlecker.

Sie lächelte nervös und schloß wie angewiesen die Tür, verriegelte sie auch, was ihr, da draußen immerhin eine Gesetzeshüterin stand, eigentlich übertrieben vorkam. Dann bestellte sie sich radebrechend, aber folgsam Eis beim Hotelmanagement.

Als das Zeug kam, ging die Polizistin gerade. Die Jugendlichen wurden unten abgeführt.

Brav gab Rosalie dem Mädchen, das die Schüssel mit dem Eis brachte, drei Dollar Trinkgeld und bemerkte dabei flüchtig, daß der angegammelte Schein von vorhin jetzt sogar noch ein bißchen labbriger, blasser, gelblicher wirkte, als wäre er unwirklich rasch weiter ausgeblichen.

Dann hängte sie sich sofort ans Telefon und rief Hendrik an. Es war jetzt vierzehn Uhr abends Ortszeit hier, also acht Uhr abends in Deutschland, da durfte man am Samstag langsam wach sein.

»Röschen!« zog er sie, als er verstanden hatte, wer da redete, sofort mit dem Spitznamen auf, den sie haßte. Immer, wenn er das tat, schwankte sie zwischen zwei Möglichkeiten, sich zu erklären, was er damit meinte: Sollte sie das beleidigen oder nur eine künstliche Distanz betonen, damit man ihm nicht anmerkte, daß er sie genauso gern mochte wie sie ihn?

»Was geht in Ameeeeerika?«

»Du, ich hab' überhaupt keinen Plan mehr. Hier ist ein Überfall auf dem Balkon oder so!«

»Wo? Was ist da?«

»Hier wollten so paar Teenies einbrechen. Jetzt macht die Armee da rum und das FBI und die imperialen Sturmtruppen, und gleich explodiert bestimmt alles! Einer hat mich gesehen! Wenn die Jungs jetzt in den Knast kommen, dann denken die, ich hab sie verpetzt, dann schicken die das Mordkommando mit den großen Brüdern, dann werde ich abgemurkst!«

»Was? Was laberst du denn für Holz? Röschen? Guckst du fern auf Drogen?«

Also erzählte sie ihm, was ihr begegnet war, so ausführlich, daß sie, als ihr Vater endlich von seinem Verschwörertreffen zurückkehrte, nicht nur vom Eis, das sie während des Telefonats in sich hineingestopft hatte, so pappsatt war, daß man die Idee »Abendessen« »glatt vergessen« (Rosalie) konnte, sondern auch keine Lust mehr verspürte, die Staatsaffäre anders als mit allergröbsten Stichworten ein zweites Mal zu erzählen.

Einmal immerhin hatte genügt, um Hendrik zu inspirieren: »Siehste, Amateure. Wenn ich jemals was Kriminelles mache, dann jedenfalls nur mit Profis. Nicht mit so Loserkumpels. Einbruch, wie blöd! Wenn die wenigstens jemanden entführen würden – die Tochter vom reichen Herrn Vollfenster zum Beispiel …«

»Ja genau, sauwitzig, echt! So reich ist mein Vater gar nicht, du Dummarsch. Wenn schon wen, dann sollten sie deine notgeile Freundin Clea entführen!«

»Was denn, Freundin? Mein Herz gehört nur dir, Röschen!«

»Ja, lall doch.« Sie war geschmeichelt. Er hatte fast gewonnen und machte nichts daraus; wie immer.

4.

Beim Chef

Der Kanzler der Bundesrepublik Deutschland hing vollständig bekleidet, Kopf nach unten, in seinem Büro, die Fußgelenke mit eisernen Reifen an einer Teppichstange befestigt. Vor einiger Zeit war er noch eine Frau gewesen, das mußte jetzt abgearbeitet werden. Manchmal machte er »Pah!« und blies verbrauchte Luft aus dem Gesicht.

Das puffte in regelmäßigen Abständen, beim Reden wie beim Schweigen. Hin und wieder geriet ihm die Krawatte vor die Augen. Er trug dies mit Würde.

Der Kanzler war der Ansicht, daß ihm das dicke Blut, das auf diese Weise aus den Füßen in den Kopf runterfiel, beim Denken half. Niemand widersprach.

In bis kurz vorm Platzen aufgepumpten rabenschwarzen Lederstühlen saßen beim Kanzler sein Wirtschaftsminister und der Geist des Sozialwissenschaftlers Joseph Schumpeter. »Geist«, das Wort umschreibt hier etwas, das Fachleute eine holoektoplasmatische Vollsimulation würden genannt haben. Diese spezielle Version – es gab diverse andere, über den Planeten verstreut – eines Schattens des Autors von »Theorie der wirtschaftlichen Entwicklung« hatte der Vorstandssprecher eines großen japanischen Unterhaltungselektronikkonzerns dem Kanzler geschenkt, um sich für die Option zu bedanken, große Teile bundeseigenen Berliner Grundbesitzes erwerben zu dürfen, »wenn's eng wird« (der Kanzler). Daß der Geist Joseph Schumpeters kein lebendiger Mensch war, erkannte man daran, daß er zwar einerseits Volumen und sogar so etwas wie Masse besaß, die hauptsächlich elektromagnetisch per Fernfeldprojektion von einem kleinen Gerät in des Kanzlers Manschettenknopf erzeugt wurden, andererseits aber aussah, als wären seine Umrisse gewissermaßen gestrichelt statt, wie bei Ernstzunehmendem, ordentlich durchgezogen.

»Diese spontanen und … diskontinuierlichen Veränderungen der Bahnen des Kreislaufes und Verschiebungen des Gleichgewichtzentrums«, dozierte Schumpeter, während das Kanzlerkinn mit dem Krawattenknoten kämpfte, »treten in der Sphäre des industriellen und kommerziellen Lebens nun einmal auf, da kann man nichts machen. Daß natürlich andererseits in der Sphäre des Berufslebens der Konsumenten der Endprodukte …«

»Ich kann … mpffööh … das alles nich mehr hören. Das is doch«, prustete der Kanzler, »zum Mäusemelken! Jetzt streiken schon die Busfahrer und die Hotelputzkräfte und die wie heißt das Volk da, diese Dingse. Na! Die Lehrer! Nich bloß die Auto-Affen … pfffhpp … und du salbaderst hier schöne Vorträge über … Sphären und alles!«

»Vielleicht sollten wir den Autarkie-Entwurf aus der Schublade holen«, warf der Wirtschaftsminister ein.

»Autarkie … na was. Was?« blaffte der Kanzler. Schumpeter verlagerte sein virtuelles Gewicht ein Spürchen nach rechts. Das Sesselleder quietschte. Der Geist lehnte sich zum Wirtschaftsminister hin und sagte: »Autarkie. Eine schöne Idee: Deutsche, kauft nur Deutsches. Aber sie ist *ipso facto* absurd, denn wenn der Deutsche die Wahl hat, deutsche Kirschen zu kaufen oder billige Kirschen, so wird er billige kaufen, von Bananen noch ganz abgesehen. Die es hier nämlich gar nicht gibt.«

»Meine armen Ossis …«, ächzte der Kanzler.

»Wir sind vom Export abhängig. Der aber lahmt. Die Binnennachfrage ist ebenfalls im Eimer. Also, wir befinden uns zwischen Scylla und Chablis. Kaschmir. Dem anderen Monster da«, seufzte der Wirtschaftsminister.

Schumpeter zog ein saures Gesicht, als er erklärte: »Es gibt nur zwei Arten, ein Autarkieprogramm wahr zu machen: als expansionistische Kriegswirtschaft, die einfach deshalb keiner Handelspartner mehr bedarf, weil sie sich andere unterwirft, wie beim Herrn Hitler. Oder, zweitens, indem man das Land zusperrt.«

Das sollte ein Witz sein. Der Kanzler jedoch wirkte neu belebt und schnaubte: »Nee, genau! Is' doch präzis, die Idee von diesem, na, diesem Monogenis-Plan, den uns der Pütterdings …«

»Taschenuniversum!« rief der Wirtschaftsminister gebildet.

»Wenn wir das machen … hchhh …«, grunzte der Kanzler, »dann natürlich nicht für immer. Eher wie beim Krämerladen, wegen Inventur geschlossen … danach können wir dann filtern. Das Problem ist … doch nur … dieses ungeregelte Rein und Raus … wie der Onkel von der Bank gesagt hat: Vietnamesen wollen wir gern, wenn sich die Kinder Mühe geben, Deutschrussen sind auch noch okay, Osteuropäer, Ukrainer, Weißrussen von mir aus, aber bitte keine Türken und Araber mehr. Die Strebsamen, die … die Guten ins … aufs Töpfchen, oder wie heißt das? Also, jedenfalls, ich bin dafür. Daß man das macht. Dieses Abschotten und Aufräumen, erst mal den eigenen Laden in Schuß bringen, und dann sortieren, wer später irgendwann wieder rein kann, den ganzen Handel und Wandel, einerseits Einwanderer, andererseits Export … Monogenis-Plan. Internet abschalten. Prima.«

»Monogenis-Plan?« Schumpeters Geist wußte von nichts.

Nun war es am Minister, sich nach vorn zu lehnen, wissend zu blinzeln und lächelnd festzustellen:

»Nun, mein lieber Schumpeter, es gibt eben mehr Dinge zwischen Himmel und …«

»… der Zukunft … pfffhrmm …«, röchelte der Kanzler erregt.

»… der Zukunft, als Eure Wirtschaftswissensweis… Wissenheit …«, fuhr der Minister fahrig fort.

»… im Kopf … hrrsn … aushält …«, vollendete der Kanzler den Gedankenbogen. Er biß auf seine Krawatte und lachte wie ein krummgespieltes Keyboard.

5.

Hilde Pinguins schlechter Tag

Hilde Pinguin gehörte zum Rand der herrschenden Klasse.

Die teure Frau befehligte eine unüberblickbar mächtige Menge von Leuten mit Sachen, die niemandem halfen. Beim kontinuierlichen Geldausgeben hatte sie überdies eher zufällig als planvoll verrückte Mengen schönen Zeugs erworben. Hilde Pinguin war alles andere als die Herrin ihrer eigenen Angelegenheiten. Im Gegensatz zu den ganz großen Verbrechern, die den Planeten zu der Hölle zugerichtet hatten, die er den meisten Menschen war, mußte sie zusehen, daß sie von ihrem vielen Glück nicht hinterrücks aufgefressen wurde.

Mit nun schon Mitte Vierzig sah Hilde Pinguin immer noch fantastisch aus, ein Weihnachtsbaum in Tuchen aus Paris und Persien, mit einem Gebiß, das jede Discotheken-Lichtanlage überstrahlte, und einem Augenaufschlag, der blutbespritzte Folterknechte in stotternde Schulbuben verwandeln konnte. Vor lauter Klunkern fiel Hilde oft das Laufen schwer. Trotzdem bewahrte sie Haltung. Manchmal lief sie auch ohne Schmuck herum, das sah dann noch viel teurer aus.

Frau Pinguin hatte dem Geld eine Tochter geboren.

Die hieß, wie wir schon wissen, Clea und ging mit Rosalie Vollfenster und Hendrik Kilian zur Schule. Nach der Geburt des Mädchens, das ein Einzelkind bleiben sollte, hatte Frau Pinguin eilends abgenommen. Seither ernährte sie sich streng dem Prinzip folgend, daß der Körper grundsätzlich mehr haben will, als er gebrauchen kann, weil die Natur uns so eingerichtet hat, daß wir für magere Zeiten vorausfressen. Will man auf die Linie achten, sollte man folglich davon ausgehen, daß wir auf jeden Fall zu viel verzehrt haben, wenn wir über längere Zeit hin glauben, wir hätten genug zu essen.

Hilde Pinguin aß zum Frühstück für gewöhnlich einen Pfirsich, zum Mittag mal etwas Pasta mit Huhn, mal einen Gemüseauflauf, oft nur eine Suppe, häufig Salat, und den Rest des Tages gab es bis zum Vollwertkost-Abendessen Reiscracker und giftige Tabletten.

Hilde arbeitete nicht nur an sich, sondern auch hart in ihrer angestammten Branche, dem Umsatz.

Sie raffte mehrere Häuser, drei Autos und ungezählte Anteile an Unternehmen der chemischen, pharmazeutischen und biotechnischen Industrie an sich. Den Reichtum, den dieser Besitz abwarf, hobelte Madame täglich mit vollen Händen in die Gegend. Das arge Schicksal ihrer guten Freundin Tinchen Vollfenster, geborene von Pütterwitz, war ihr in dieser Hinsicht eine stete Mahnung. Die nämlich hatte sich, nachdem ihr eigenes Einzelkind Rosalie auf die Welt gekommen war, nicht mehr um die Zerstreuung ihres Vermögens in alle Welt gekümmert, also weder das geerbte Geld ihres schwerstindustriellen Vaters noch die Beträge, die ihr Mann, Rosalies Vater, dem Familienreichtum zusetzte, hinreichend hektisch in Kunst, Unterhaltungselektronik, Sportgeräte, Kleidung, Grundbesitz und puren Scheißdreck gepumpt. Deshalb war sie zwei Wochen nach Rosalies vierzehntem Geburtstag bei einer Après-Ski-Party in Aspen, Colorado von einem Moment auf den andern an ihrem Wert erstickt und hatte der Tochter ihren Diskman vermacht.

Daß man so sterben kann, war vermögenden Menschen seit langem bekannt.

Ein Wissenschaftler, dessen fachlicher Ruf sich einer Arbeit über das »plötzliche Erschöpfungssterben« strebsamer japanischer Angestellter verdankte, hatte in den späten achtziger Jahren des vergangenen Jahrhunderts herausgefunden, daß der menschliche Organismus es nicht erträgt, mehr als das Siebenundsiebzigfache dessen zu besitzen, was er bei einer geschätzten Lebenserwartung von neunundneunzig Jahren und gemessen an der äußersten gerade noch vorstellbaren

Verschwendungssucht zeitlebens persönlich verbrauchen kann. Als Tinchen Vollfensters Besitz diesen letalen Grenzwert überschritten hatte, war es um sie geschehen.

Die meisten Angehörigen der herrschenden Klasse waren vorsichtiger. In strikter Beachtung der Todesmarke machten sie ab ungefähr dem Augenblick, da sich der Verbrauchsüberbietungsindex ihrer Reichtümer dem Faktor siebzig näherte, gern Verlustgeschäfte oder fesselten ihr Guthaben an Dinge, die sich eben nicht verbrauchen ließen, etwa politische Bestechung, Wohltätigkeit, Kunst.

Hilde Pinguin bewies dabei großes Geschick.
Zwei Wochen nach der Rückkehr von Vater Vollfenster und Rosalie aus Amerika und einen Tag nach Beginn des neuen Schuljahrs stand Cleas Mutter also um drei Uhr nachmittags mit Professor Ewald Kilian in einer der besten Frankfurter Gegenden bei Herrn Büsner, dem Kunsthändler ihres Vertrauens, zwischen dunkelholzgetäfelten Wänden auf einem schäfchenweißen Teppichboden und nippte, wie die andern beiden, an einem würzigen Wein, wenn sie nicht redete.
Von Hendriks Vater ließ sie sich erklären, warum sie gut daran täte, sich ein von Büsner angebotenes neo-rechteckiges Post-Sowieso fürs Foyer ihrer neuesten Gründerzeitvilla zuzulegen.
»Wissen Sie, Frau … sehen Sie …«, nahm der spindeldürre Mann Anlauf, dann schlug er zu: »Das ist ja, sagen wir mal sozusagen ja nicht. Nein! Nicht, kein … kein richtiger, äh, Minimalismus, Sie dürfen diese Art der reduzierten, des reduzierten, nun, also Umgangs …«
»Umgangs!« freute sich Herr Büsner und nickte stark.
»… des des des Umgangs mit Klarheit und Schärfe … nicht mit dem Ansatz von von Dan Flavin oder von … oder von Sol LeWitt verwechseln.«
»Nein, nein«, sagte Büsner, nickte erneut und schüttelte gleichzeitig den Kopf. Wie er das machte, war sein Berufsgeheimnis. Er lebte davon.

»Sondern das das das, das das ist ja, wie nun, also die die die diese aleatorischen Momente eindeutig … eindeutig erhellen, unbedingt hindurchgegangen durch diese. Diese … diese! Durch … durch diese neokonzeptuellen Schulen der neunziger Jahre, durch diese, ähm, diese amerikanische Art des Einschreibens von …«

»Amerikanisch«, zweifelte Hilde Pinguin und legte den Kopf schief, wie ein enttäuschter kleiner Hund, wenn das Würstchen nur aus Gummi ist.

»… des … Art … des Einschreibens von, von dem … von zum Beispiel feministischer Kritik am, an der, wo der der der Körper … der … der Körper. Ja. Ja, na … ja, sehen Sie, hier dieses quasi gestische Moment, diese desultorische … daß hier da dann da dabei so ein Raum praktisch den, die Betrachtung, den den den Blick auf seine, ähm, Körperlichkeit zurückwirft, das ist … ist … ist ist äh …«

»… ungemein …«, half Herr Büsner.

»… ungemein … ungemein … neu und … neu und und und aufschlußreich.«

Der Professor hatte es geschafft: Sein Satz war gelandet. Mit zerbrochenen Flügeln zwar, abgeknicktem Schnabel, verkorksten Beinchen, aber immerhin, irgendwie hoffnungsvoll, annähernd verständlich.

»Es sieht wirklich sehr gut aus, nicht?« freute sich Herr Büsner. Hilde Pinguin mochte den Kunsthändler. Der war, fand sie, vom alten Schlag: informierter, aber diskreter Verkaufsadel, nicht wie diese billigen Galerieleichen mit unfertigen Gesichtern, fotokopierten Kleidern und grob skizzierten Gliedmaßen, die man inzwischen auf Messen, ja selbst im Kosmetikstudio und beim gehobenen Teppichhandel ertragen mußte.

Sie gab Büsner, weil sie ihn schätzte, recht: »Ich glaube, es paßt bei mir gut hin. Zu diesen schlanken Deckenleuchten.«

Weil sich alle drei am Geschäftsabschluß interessierten Personen bereits mehr oder weniger positiv geäußert hatten, mußte nur noch das Kunstwerk selber etwas sagen, damit die Sache abgemacht war.

Erwartungsvoll blickte Herr Büsner.

Verwirrt stierte Professor Kilian.

Kokett guckte Frau Pinguin.

»Von mir aus«, knurrte das Kunstwerk, schüttelte sich, rasselte mit unerreichbaren Schichten seiner *profunditas* und gab wieder Ruhe.

Frau Pinguin klappte ihr Täschchen auf und entnahm ihm ein Scheckbuch.

Sie hatte eben angefangen, ihre Schnörkel aufs Transferpapier zu malen, da kasperte ihr Handy los. »Zauberhaft!« gratulierte Herr Büsner zur Klingeltonwahl. Als kultivierter Mensch und Abonnent wichtiger Intelligenzblätter mit tollen Werbe-CD-Beilagen erkannte er die Anfangstakte von Beethovens Klaviersonate Nummer 30 in E-Dur op. 109 ohne Mühe. Ein irritierter Blick der Scheckbuchbesitzerin brachte ihn zum Schweigen.

»Ja?« – Hilde Pinguin meldete sich grundsätzlich nicht mit Namen. Wer diese Nummer kannte, wußte, wen er anrief. »Na, du alte Schnatze! Waaaas geht?« lachte eine herbe Männerstimme mit entspanntem Gossenakzent.

»Wie bitte?« verbat sich Hilde Pinguin die Unverschämtheit.

»Was machste grad, Schnatze?« Die Frage klang nach Sozialneid, Porno und Aufruhr.

»Wer sind Sie? Was wollen Sie?«

»Isch bin de Weihnaxmann, un isch hab' dein Goldschtück ennführt!«

Der erste Teil dieser Feststellung sollte ein Witz sein. Der zweite stimmte: Clea Pinguin war Opfer eines Menschenraubs geworden. Ihre Mutter sollte zahlen. »Keine Polizei«, Übergabe in zwei Tagen, weitere Nachrichten später.

»Wie denn? War's das schon?« fragte das Kunstwerk, nachdem die drei Menschen, die es eben noch bewundert hatten, erregt aus dem Raum gerannt waren.

Es fragte sich das allerdings nicht selbst, sondern einen bis dahin stummen Gast, den Professor Kilian, Herr Büsner und Frau Pinguin nicht bemerkt hatten.

Der kleine grauweiße Stoffhase mit randloser Brille, der auf dem Ebenholzfensterbrett in Büsners Hauptschauzimmer saß, schüttelte betrübt den Kopf und sagte: »Keineswegs. Leider nicht. Im Gegenteil. Nach meinen Berechnungen, und besonders nach den Daten betreffend die jüngsten Schnitte im Vektorraumbündel der gegeneinander versetzten Kaufkraftentwicklungen in der deutschen Binnenwirtschaft, war's das keineswegs. Die Sache hat vielmehr soeben angefangen. Falls wir uns hier überhaupt noch in einer differenzierbaren Mannigfaltigkeit befinden, dann sind das, was ich da sehe, Tangentialbündel von geradezu sagenhafter Häßlichkeit.«

»Superdreck«, stellte das Kunstwerk fest.

Der Stoffhase blickte traurig aus dem Fenster auf drei schreiende und gestikulierende Leute, die mit ihrem Lärm die Straße vollstellten, als ob sie ihnen gehörte.

6.
Redaktionelles

»Schade, aber zu Befehl!« sagte Werner Holbach.

Er arbeitete gern bei der Erhabenen Zeitung. Gehorchenmüssen bereitete ihm trotzdem immer Nackenziehen. Dennoch löschte er, weil das der Befehl gewesen war, den man ihm erteilt hatte, einen Artikel.

Den betreffenden Text hatte er per E-Mail erhalten und als sogenanntes »Sonderstück« eingerichtet, damit man ihn drucken konnte, sobald Platz für derlei da war. Das Sonderstück hatte einen ehemaligen Kollegen zum Verfasser. Der wäre sogar einmal beinahe Holbachs Chef gewesen – damals, vor fünf Jahren, als Holbach von der Erhabenen Zeitung für deren neugegründeten Sonntagsableger angeworben worden war, um dort dem Stab der Wissenschaftsseiten beizutreten. Seinerzeit hatte ebendieser Stab eben erst unter der Leitung des besagten Beinahechefs, eines Wissenschaftsjournalisten namens Arnulf von Pütterwitz, seine Arbeit aufgenommen. Dieser Herr war, weil Zufälle die Welt beherrschen, Bernd Vollfensters Schwager, der ältere Bruder von Rosalies verstorbener Mutter Tinchen.

Von Pütterwitz hatte maßgeblich dafür verantwortlich gezeichnet, daß Bernd Vollfenster in den Jahren vor Holbachs Einstellung eine Liebe zu allerlei Natur- und Computerwissenschaftlichem, von der Datenautobahn bis zur Proteomik, entwickelt hatte.

Bald war der wißbegierige Mensch auf seiner Reise durch den neueren Infokosmos an die äußersten Enden des bekannten Weltbilds gelangt; inzwischen wurden daraus auch körperliche Fahrten in alle möglichen Länder; zum Beispiel nach Amerika, wo er, während seine Tochter im Hotelzimmer mit Hendrik Kilian telefonierte, an einem nichtöffentlichen Treffen verschiedener Größen aus den Kognitionswissenschaften teilgenommen hatte. Der Vorsitzende jener Runde war eben der Hirnforscher gewesen, den von Pütterwitz in seinem Sonderstück porträtierte.

»Das können wir jetzt nicht bringen«, stellte Bernd Vollfenster am ersten Redaktionsmorgen deshalb nach seiner Rückkehr fest, »und vielleicht gar nicht mehr. Die Sache läuft schon, ob mir das gefällt oder nicht. Zu gefährlich.« Was, hätte sich Werner Holbach fragen können, mochte an einem eher zähen Artikel über Schlafforschung und Neurolinguistik gefährlich sein?

In von Pütterwitzens kleiner Arbeit ging es um Umständliches, Holbach kaum Vertrautes, obskure »Elektro-Myogramm-, Elektro-Oculogramm- und Elektro-Enzephalogramm-Messungen«, die

»zusammen mit jüngeren Erkenntnissen darüber, wie das Sprachdenken des Menschen sich zu seinem Raumempfinden verhält«, offenbar eine neue Theorie stützen sollten, welche den nebligen Namen »Wachorientierungstiefenanalyse« führte.

Zwischen den drei Tatsachen, daß
1. Holbach bei der Zeitung schon eine Weile arbeitete,
2. nicht nur in den Artikeln des Herrn von Pütterwitz, sondern auch in anderen immer häufiger merkwürdig einschläfernde, lange oder anderweitig anstrengende Sätze standen, die immer dieselben Schlüsselbegriffe enthielten und endlich
3. Holbach in letzter Zeit einerseits nachts zunehmend schlecht schlief, sich andererseits aber tagsüber manchmal sowohl im Redaktionsgebäude als auch in der Stadt, ja dort sogar in Gegenden, die er seit Jahren kannte, immer häufiger verirrte,
sah der Redakteur keinerlei Verbindung.
Dafür wurde er schließlich nicht bezahlt.
Er überprüfte seine E-Mails.
Er trank etwas Wasser.
Er fing an, mit offenen Augen zu träumen, von der Prophezeiung, die er vor kurzem einem darüber recht überraschten jugendlichen Spötter und seinen Kumpanen an der Galluswarte mitgeteilt hatte.

Stoffhase.
Dichtmachen.
Jesus.
Damit war der Arbeitstag auch schon vorbei.

7.
Gewerkschaftsveranstaltung

Viele Menschen standen unter bunten Regenschirmen. Ihre Mützen waren rot, ihre Schals rochen nach harmlosen Krankheiten. Über den Figuren hing ein suppig grau bewölkter Himmel.

Die Menschen unter den Regenschirmen hofften auf einen Grund für ihr Hiersein. Bislang hatte sich keiner sehen lassen. Erst waren sie eine Weile zu bettelarmer Scheppermusik durch die große Stadt gezogen. Dann hatten sie sich auf dem unlustigsten Platz versammelt, den sie finden konnten. Einige trugen Transparente. Auf denen standen traurige Sachen: »Wir wollen Ausbildungsplätze« oder »Gesundheit ist keine Ware« oder »Menschen statt Profit«. Nachdem die Elenden einander ein paar Stunden lang auf kalten Füßen rumgestanden waren, lächelten viele ein bißchen schlafwandlerisch. Es war erst Nachmittag.

Vorn stand ein Kerl von der Gewerkschaft am Mikrofon und teilte allen Anwesenden mit: »Leute! Hört mal, bitte! Wir wollen wieder wie früher, mit Tarif und schön!«

Das war eine einfache Botschaft. Einige klatschten aus Mitleid, andere aus Bosheit: Geschieht dem recht, dachten sie entzündet, wenn wir hier auch noch klatschen, wo der schon so blöd daherredet.

Der Redner räusperte sich, holte, was er für Luft hielt, und brüllte verklemmt: »Wir wollen nicht, daß die Arbeitsplätze gefährdet sind! Wir lassen uns das nicht direkt dauernd gefallen! Es wird vielleicht langsam bald einigermaßen anders, wir ziehen womöglich Saiten auf, mit denen vorläufig noch nicht gerechnet wurde!«

»Genau!« stöhnten diejenigen unter seinen Anhängern, deren Anstecker den größten Durchmesser hatten.

Fest eingewickelt in seine Melancholie saß während alledem auf einem Klappstuhl in seinem Kellerloch der älteste Kommunist Deutschlands. Die Veranstaltung der Protestierenden zeigte ihm sein Fernseher. Er war diesem Fernseher böse deswegen.

Streng klagte der Bestrafte auf dem Podium: »Wir wollen überhaupt nicht, daß die Stellen immer abgebaut werden. Wir wollen statt dessen, daß die Stellen wieder aufgebaut werden. Wir können heute sogar viel mehr streiken als früher! Das glauben einige nicht, die sagen: Wenn wir streiken, dann nehmen sie uns die Fabrik weg und tragen sie nach Tschechien. Da machen die Leute für viel weniger Geld und überhaupt keinen Tarif alles mit. Aber wir? Wir sind doch qualifiziert. Ich habe ein Argument. Ein Argument!«

Alle freuten sich ängstlich über dieses Versprechen. Als die Freude versiegt war, wurde das Argument enthüllt: »Durch die größere Spezialisierung der Fabriken kann man heute, wenn man nur in einer Fabrik streikt, bei völlig anderen Fabriken alles lahmlegen, dann geht nichts mehr. Deshalb sind wir sehr mächtig. Glaubt ihr das? Ich wünsch mir so, daß ihr das glaubt. Wir könnten, das sage ich euch jetzt ohne Dämpfer, im Prinzip furchtbar die Arbeit niederlegen. Andererseits: Trotzdem sollten wir es nicht machen. Denn wir müssen auch mal unseren guten Willen zeigen. Wir zeigen unseren guten Willen. Macht ihr mit? Wir zeigen unseren guten Willen ab jetzt so deutlich wie noch nie! Das werden sie hinnehmen müssen. Da soll die Erde beben!«

»Halleluja!« sangen die Entsetzten.

Der älteste Kommunist Deutschlands vergrub sein schönes altes Gesicht in beiden Händen und machte mit den Lippen garstige Geräusche.

»Wir sind doch auch nur Menschen!« schrie, auf mittlerer Stufe angewidert von sich selbst, der Gewerkschaftsredner.

Einige unten weinten vor Langeweile.

»Aber Klartext. Klartext, Brüder, Klartext! Außer Spesen nichts gewesen – die Bosse und die

Manager wollen uns, ja, sie wollen den Kolleginnen und Kollegen nichts abgeben. Sie wollen eine Nullrunde. Aber wir wollen das nicht! Dieser Wille ist ein guter Wille. Ein guter Wille, den wir ihnen zeigen!«

Die ersten Protestierenden fielen auseinander.

Arme und Beine brachen ab. Köpfe rollten zwischen den Füßen derer herum, die noch aufrecht stehen konnten.

Von der rechten Flanke, zum Kaufhaus hin, erschienen Affen und Tankdelphine, mit Knüppeln und Stinkbomben. Es war eine Streikbrecherbrigade. Der Anführer verlor die Kontrolle über seine Verwirrtheit und warf mit denkträgem Nichts nach Rosinen im Himmel: »Der Neolibolabismus ist eine Fata Morgana! Sie besteht aus leeren Versprechen und dazu leeren Versprechungen, und die bringen uns doch nichts ein! Nichts! Wir haben es satt, daß wir dabei zusehen müssen, wie immer mehr von uns es satt haben, ständig gesagt zu kriegen, wir hätten es nicht mal langsam satt und dicke!«

Die Augenbrauen des Redners, der ein billiger Mensch war, bei dem man an fast allem gespart hatte, was nicht zum Arbeiten gebraucht wurde, lösten sich von seinem Schädel und fielen auf sein Manuskript. Ein Windstoß wehte sie ins Graue. Sacht segelten sie über die Köpfe der Leute hinweg, fortgeblasenen Nasenhaaren eines verwesenden Drachen gleich. Ächzen und Grummeln aus dem Publikum begleiteten den Vorgang. Die Affen spielten Fußball mit heruntergefallenen Köpfen. Ein Tank mit einem Delphin darin fiel ohne erkennbare Ursache um.

Es fing jetzt an, unterbezahlt zu regnen.

Die Affen kreischten aus Leibeskräften. Die Demonstranten winselten. Der Delphin aus dem zersprungenen Glaskasten platschte mit schwachen Flossen in den entstehenden Pfützen herum und zwitscherte hübsch.

Der älteste Kommunist Deutschlands dachte an die Frage nach dem Ausweg. Er wäre gern woanders gewesen als auf der Welt, aber realistischerweise war davon auszugehen, daß ihm jeder Weg dorthin versperrt blieb.

Etwas Neues mußte geschehen. Fast wußte er schon, was das war.

8.
Wieviel ist zuviel?

»Spinnst du jetzt ganz?« schnaubte Hendriks Bruder Martin lachend, als Hendrik die Schokomilch für zwei Euro auf die S-Bahn-Kiosktheke stellte.

Der Verkäufer musterte Hendrik argwöhnisch. Eine alte Frau mit Rollwägelchen und der »BUNTEN« in der Hand hielt die Luft an. Zwei Mädchen, die sich eben ein paar Süßigkeiten rausgesucht hatten, kicherten, wie Gänseblümchen kichern. Martins schwarze Lederjacke mit vielen tausend Reißverschlüssen knirschte. Hendrik sagte: »Ich mag den Laden. Er ist so dermaßen brutal zu teuer, daß man das unterstützen muß – ich mein, der Einzelhandel besteht nur noch aus so komischen Weltüberkartellen, alles kostet überall gleich – wo ist dein Sinn für LUXUS, Martin? Ist doch übergeil!«

Der wahre Grund dafür, daß Hendrik vor und nach der Schule hier jeden Tag einkaufte, hatte mit diesen Angeberüberlegungen überhaupt nichts zu tun. Er mochte einfach die kleine Serbin, bei der er meistens ein Hörnchen kaufte, weil sie die Preisangabe »sechzig Cent« so süß als »Seksekssént« aussprach, daß ihm davon ganz warm wurde – absolut platonisch, aber nachhaltig. Leider fehlte sie heute.

Daß er zu solchen Empfindungen fähig war, hätte er Martin gegenüber nie zugegeben. Es wäre nicht cool gewesen, bloß ein Zeichen seines guten Herzens, und daß er so was hatte, ging keinen was an.

»Zwei Stutz dafür?« erwiderte der Bruder kopfschüttelnd. »Warum nicht gleich dreißig? Früher hätt's achtzig Pfennig gekostet! Die sind doch beknackt hier.«

»Wieso bist du eigentlich so weltüberknausrig, ich denke, du dealst mit Drogen?« gab Hendrik ruhig zurück und warf ein paar Münzen in den Plastikteller: zwei Fünfzig-Cent-Stücke, ein Euro-Stück.

Der Rockerbruder fand es unter seiner Würde, darauf etwas zu erwidern. Im Gegensatz zu Hendrik war er außerdem der Meinung, daß man besser keine Witze über kriminelle Angelegenheiten machte, wenn man nicht über jeden einschlägigen Verdacht erhaben war. Hendrik griff nach der Kakaotüte und hatte sich dabei schon halb von der Theke abgewandt, als der rechte Arm des Verkäufers übers Glas nach ihm griff und ihn am T-Shirt-Kragen festhielt.

»He! Pfoten!« warnte er den Angreifer, der zwar sofort losließ, ihn aber böse anfunkelte. Der Mann wies mit der offenen Hand, die Hendrik eben noch gepackt hatte, auf die Münzen für den überteuerten Kakao und rief: »Was soll der Quatsch? Willst du mich verarschen?«

»Wa… Na wie? Schau dir das an. Du faßt es nicht!« staunte Martin und guckte aufs Bezahltellerchen: Die beiden Fünfzig-Cent-Stücke waren in Ordnung, aber die Euro-Münze glich einem aufgeweichten Stück Weingummi, verformt und glasig. Bei der Berührung, die Hendrik jetzt, fasziniert und leicht angewidert, zumindest mit der Fingerkuppe des rechten Zeigefingers riskierte, erwies sich das Objekt als klebrig; gelatinös wie Götterspeise.

»Es hat ja immer geheißen«, ließ sich die Alte heiser vernehmen, »daß die Mark eine harte Währung war und daß das jetzt vorbei ist. Aber daß unser Geld vergammelt und verrottet, das hätt's nicht gebraucht!«

»Nicht gebraucht«, schmeckte Hendrik, zerstreut und leise, die Formulierung nach. In ihm knisterte eine Ahnung, daß jetzt, in diesem Moment, entweder alles vorbei war oder aber gerade erst anfing.

Er lag mit beidem richtig.

9.

Mandelbaums Einmischung

Bevor Deutschland plombiert wurde, hatte Rosalie Vollfenster für Kuscheltiere nichts übrig gehabt; weder für echte noch für solche aus Plüsch.

Die echten, lebendigen – kleine Hündchen und Kätzchen – waren ihrer Ansicht nach Hilfstruppen für Nazi-Omas wie die ekelhafte Frau Etzel und folglich indiskutabel.

Frau Etzel sah aus wie ein Affe, der nach seinem Bürojob halbtags als Königin von England im Kabarett auftrat und sich an Wochenenden vor dem Spiegel mit Musikbegleitung für Mick Jagger hielt, vielleicht nicht ganz zu unrecht. Sie hauste am Ende der aufgeräumten kleinen Siedlung, in die Rosalies Eltern mit ihrer damals neunjährigen Tochter vor sechs Jahren gezogen waren, weil es in der Innenstadt zu viele Heroinabhängige, Mörder und Maustreiber gab.

Katzenmutter Etzels Haus glänzte eierlikörfarben und kam Rosalie schief vor. Tatsächlich waren die Fundamente des Gebäudes seit 1996 wegen eines Rohrbruchs mit anschließendem, äußerst teurem Wasserschaden im steten Absacken begriffen. Außer der in räumlichen und geometrischen Angelegenheiten ungewöhnlich begabten Rosalie merkte das aber niemand, nicht einmal Frau Etzel selbst.

Die Alte lebte bevorzugt unterm Dach und warf vom schwarzen Fenster aus mit gichtkrummen Krallen dreimal täglich Roggentoastbrotkrümel auf die Wiese hinterm Haus, wo sich ihre fünfzehn fetten faulen Katzen nicht einmal auf die Seite drehen mußten, um lustlos danach schnappen zu können.

Katzen sind dumpfe Untergebene von alten, einsamen Affen, hatte sich Rosalie gemerkt und mochte sie deshalb nicht. Die plüschige Tiervariante – kleine Häschen, Fröschlein und Schildkröten aus Kunstpelz – verachtete sie allerdings noch mehr. Rosalies Abneigung gegen Flausch hatte sich schon in ihrer frühen Kindheit gezeigt, damals in Form von Tränenfluß, Niesreiz und Jucken im Streichelzoo oder in der Kaufhaus-Spielwarenabteilung.

Daß sie einmal ein Pelztier ihren Freund nennen würde, hätte sie nie für möglich gehalten.

Das änderte sich erst, als der bebrillte Hase Mandelbaum sie davor rettete, von Frau Etzel verschlungen zu werden.

»Hallo! Ich bin Mandelbaum, Überblicker des Durcheinanders!«

»Geil. Ich bin Rosalie«, keuchte Rosalie und ließ sich von Mandelbaum an seiner rechten Pfote einen plötzlich aus dem Boden geschossenen vertikalen Schotterweg hochzerren.

»Schnell!« piepste der Hase, »Wir müssen uns die günstigen Homotopiebedingungen zunutze machen, bevor der Basispunkt springt!«

»Ah klar«, sagte Rosalie und dachte: Der spinnt, aber ich spinne mehr, denn ich tu, was er sagt.

Hinter ihnen, auf dem rasch nach unten wegfallenden Boden der Tatsachen, war Frau Etzel mit einem der planlos herumzischenden deutschen Exkanzler zusammengeprallt, die aus dem beschädigten Asphalt hervorbrachen.

Rosalie hörte den Staatsmann kreischen, als sich die Katzenhexe in seinen Nacken verbiß und sein Blut zu trinken anfing: »Aufhören! Sauerei! Aufhören! Auf, au! AUA!«

»Ist das wirklich der Hitler?« fragte Rosalie den Hasen, denn sie kannte Frau Etzels Opfer aus dem Fernsehen.

»Gewiß. Das ist er. Schau nicht zurück, es wird scheußlich.«

»Der Hitler. Oh je«, staunte Rosalie und wandte sich nach vorn.

Vor ihr, auf dem geraden Weg, stand einer, den sie zunächst für Petrus oder den lieben Gott hielt.

Er hob seinen Knotenstock und rief: »Halt! Ich bin der älteste Kommunist Deutschlands!«

»Sehr gut. Damit hatte ich gerechnet«, freute sich Mandelbaum.

»Was machst du hier?« fragte Rosalie den Bärtigen.

»Ich komme, fürchte ich, zu spät«, sagte der.

»Dann bist du also ein Zuspätkommunist«, sagte Rosalie.

So wurden sie Freunde.

10.
Traumzeitung

Am frühen Morgen des Tages, an dem Mandelbaum in Rosalies Leben trat, keine drei Stunden vor der Flucht in die Vertikale, hatte noch alles ausgesehen wie immer.

Vater und Tochter Vollfenster waren beim Frühstück gesessen. Rosalie plapperte: Klausuren, geplante Gruppenreisen, ein paar Anspielungen auf Hendrik, um aus eventuellen Reaktionen Schlüsse fürs weitere Vorgehen zu ziehen. Der Vater hatte sich den Bart gekrault, die eigene Zeitung aufgeschlagen und als Letternwall zwischen sich und das Mädchen gespannt. Nicht übertrieben grob erwiderte er auf Rosalies Erzählung: »Laß mich das jetzt lesen, bitte.« Merkwürdig war, daß das, was er da vor sich hielt, ausgerechnet der Sportteil war, an dem er sonst selten Interesse zeigte.

Rosalie fiel das auf: »Wieso willst du denn auf einmal wissen, ob der Ball kaputt ist?«

»Mpf«, sagte Bernd Vollfenster.

»Ist das jetzt das neue Ding, wer im Weitspucken gewinnt?«

»Champions League.«

»Was?«

»Ich lese etwas über die Champions League.«

»Klingt total zum Kotzen.«

»Sei nicht so vorlaut.«

Immerhin hatte er wahrgenommen, was sie gesagt hatte. Rosalie sonnte sich eine Weile im Glanz der Vorstellung, daß Hendriks Frechheit allmählich auf sie abfärbte. Vergnügt aß sie ihr Frühstücksei und wäre nicht im Traum auf den Gedanken gekommen, daß ihr Vater erst im Artikel über die Champions League und dann in einem Bericht über die Trainersituation bei Arsenal

London nach Schlüsselworten suchte, die im Laufe der letzten Monate, einem Plan folgend, der »Monogenis-Projekt« hieß, allmählich überall in die Artikel der Erhabenen Zeitung eingesickert waren, um erstens die Traumlandschaft, zweitens die Wunschreichweite und drittens die Weltorientierung der Einwohner Deutschlands unmerklich, aber wirkungsvoll zu verschieben.

Als Rosalies Vater den letzten Absatz des Artikels erreichte und tatsächlich fand, wonach er forschte, wurde die veränderte Raumzeitordnung, in der sich alle für unsere Geschichte maßgeblichen Personen befanden, zum Knoten geschürzt.

Es gab ein kurzes, schlürfend saugendes Geräusch in bombastischer Lautstärke. Dann war's passiert: Deutschland hatte dichtgemacht.

11.
Die Entführte

Clea fand ihr Gefängnis gar nicht übel.

Es war kein Kellerverlies, sondern der Dachboden eines alten Holzhauses am Waldrand. Der Schuppen hatte lange der Bundesbahn gehört, jetzt gehörte er niemandem. Ihre drei Bewacher Pitsch, Martin und Osman behandelten sie gut genug, brachten zwar selten sofort, was Clea wollte – etwas zu trinken, ihre Tasche, Lektüre –, und schnauzten sie hin und wieder als »Tussi« oder »Zicke« an, beherrschten sich aber ansonsten.

Es roch hier angenehm nach feuchtem, warmem Holz, ein bißchen auch nach Hausstaubmilben. Die alte Spiegelscherbe, in der sich Clea betrachtete, während es draußen langsam dunkel wurde, verwandelte die Entführte in eine edle, hundert Jahre alte, fleckige Fotografie. Daß sie mit ihren aufgeworfenen Lippen etwas Entenhaftes hatte, sagten ihr immer wieder Leute, die sie nicht mochten, vor allem die alberne Rosalie, die sich Hendrik nach dieser Geschichte hier jedenfalls abschminken konnte. Denn wie schön die Rehaugen auch sein mochten, die sein »Röschen« ihm machte: Mit der Komplizenschaft bei einem Kapitalverbrechen konnten die es jedenfalls nicht aufnehmen.

Klar lasse ich mich entführen, hatte Clea gedacht, als Hendrik und Martin ihr die Sache vor vier Wochen am Mainufer vorgeschlagen hatten.

Mama kann's finanziell verschmerzen, langweilig ist mir auch, und Hendrik wäre danach reich, was die soziale Kluft zwischen mir und ihm erst mal schließen dürfte. Natürlich konnte er den Schotter nicht gleich ausgeben und mußte sich auch später eine ganze Weile geschickt dabei anstellen.

Aber Clea, deren Taschengeld kaum üppig bemessen war, wußte am besten, daß es nicht darauf ankam, wieviel Geld man ausgab, sondern darauf, wieviel man hatte – wieviel man, kurz gesagt, *wert war*, alles in allem.

An ihrer Schule gab es keine armen Menschen.

Hendrik aber war nur, was Cleas Mutter »Akademikerkind« nannte, und das hieß soviel wie »zerlumpt«, verglichen mit ihr selbst. Ein magischer Rauschgoldengel aller Salons und Ballsäle wäre ich vor hundert Jahren gewesen, fand Clea beim erneuten Blick in den Spiegel. Im Alltag, fiel ihr ein, kam sie sich viel gefangener vor als auf diesem Dachboden.

Osman und Pitsch brüllten unten halbernst herum.

Ich und mein dämlicher Tagesablauf, der mir nicht gehört, dachte Clea – die Proben, die sozialen Verpflichtungen, die Fahrschule, obwohl ich gar keinen Führerschein machen möchte, dabei gibt es Mädchen in meinem Alter, die das liebend gern täten, wenn sich's ihre Eltern bloß leisten könnten – goldener Käfig, weh mir. Dann aber kam Hendrik, trat, wie heißt das, in mein Leben, hat mir gezeigt, was ich erst habe sehen müssen, um es zu glauben – nicht nur das Geknutsche im Kino und die zwei Partys, auf denen wir zusammen waren, sondern vor allem, daß es etwas Interessanteres gibt als das Museumskonzert am Sonntag und die stinkigen Pferdeställe.

Ich werde, schwärmte Clea romantisch, nie wieder den Himmel so sehen wie vorher, und ich werde allem, was gestern war, auf Wiedersehen sagen können, und wenn sie mich auch am Boden halten wollen, wenn selbst mein vieles Geld mich wie Blei niederzieht, werde ich doch nie mehr aufhören zu fliegen.

»Isch mach disch platt«, versprach, durch nicht besonders dicke Wände klar verständlich, einer ihre Bewacher dem andern. Clea dachte amüsiert, daß sie nicht einmal wußte, um wieviel Lösegeld es eigentlich ging. Schön, sich einfach treiben zu lassen und darauf zu warten, was passieren, von wem und wann man wie gerettet werden würde. Ganz weit weg fand Krach statt, der den Rangelradau der Streitenden übertönte.

Als Clea aus dem Fenster sah, flog ein Gebäude vorbei, das eigentlich in die Frankfurter Innenstadt gehörte und eine Bank war. Auf dem Dach saßen Leute in einfarbigen Overalls. Da das Gebäude und die auf dem Dach sitzenden, gestikulierenden Overallträger sofort nach rechts und gleichzeitig auch irgendwie nach oben über die in hohem Hertztakt flimmernde Himmelsweite verschwanden, beschloß Clea, daß sie sich das wohl nur eingebildet hatte.

Das Flimmerzwielicht blieb.

Es war auf matte Art schön. Wie in Trance starrend überlegte Clea: Bald kommt mein Prinz, von Frankfurt her. Ihr Blick suchte ihn in der Welt hinter den Lodenmänteln der Bäume.

In diesem Moment – jedenfalls von dem Inertialsystem aus betrachtet, zu dem Clea gehörte – kol-

lidierten im Stockwerk unter ihr die Kreuzungspunkte einer fünfdimensionalen geschlossenen Kurve zwischen dem Grüneburgpark, einer vereinzelten zerfledderten Wolke am Himmel, dem gestrigen Vormittag, einer flüchtigen Sekunde in zweihundert Jahren sowie der Stadtgrenze von Offenbach und zerfetzten mit ihren multipolaren Gezeitenkräften einen von Cleas Bewachern, während sie den anderen auf ein Gesamtvolumen von weniger als anderthalb Fastnichts zusammendrückten und damit aus der Wirklichkeit hinauspreßten.

Clea bekam davon nur einen Tanz vorwärts und rückwärts ziehender und zerrender Augenblickszeit mit.

Die große Spiegelscherbe fiel auf den Bretterboden und zersprang in kleinste Stücke.

12.
Deutschlands Drunter- und Drübergang

Das Land erschrak. Es wurde in sich selbst hineingekeilt.

Da nahm die Zeit es hoch und setzte es sich selbst als Pfropfen auf. Mittels lokal wegweise zusammenhängender Einkerbungen, die nicht von schlechten Eltern waren, wurde das Land plombiert. Die Einwohner konnten die Grenzen zwischen den Bezirken nicht mehr vor Augen halten: Das herbstbraune Eichsfeld, ehemals Zonengrenze am Nordwestrand des Thüringer Beckens, füllte sich mit Autoleichen, die eine unbestimmbare Menge Menschen erschlugen, obwohl sie nicht direkt vom Himmel fielen, sondern aus kleinen Ritzen und Schlitzen im Ganzen rausgequollen kamen. Luftschichten am Rand zahlreicher Horizonte vieler Individuen sonderten sich nicht mehr klar von den Bergen ab, sondern rutschten drunter durch. Das Festland an der Ostsee schied sich nicht mehr ordentlich vom Meer. Statt nur einer einzigen Nikolaikirche flackerten in Hamburg drei Minuten lang zwei davon gegen ein zugleich abendrotes wie nachmittagsblaues Himmelstoben. Der Turm der einen bohrte sich von oben in die schlechten Weltkriegserinnerungen der andern und umgekehrt, ohne daß mehr dabei kaputtgegangen wäre als der keksige Verstand einiger Fischweiber, die in diesem Moment dahin blickten, wo das Unfaßbare geschah. Ein großer Montag mit Kamelen stülpte Flüsse und halbierte Verluste voller klatschsüchtiger Singularitäten über den Warnemünder Strand, während die welligen Hügel des Saarlandes von fellfreien Stellen punktiert wurden, die grau zusammenliefen und ein paar Feiertage in die Zange nahmen, welche sich, böse sirrend, widerstandslos abschaffen ließen. Aus der sanitären Abflußröhre des Heinz-Nixdorf-Museumsforums in Paderborn ergossen sich Myriaden vernunftzerstörender Wahnideen direkt in die Vergangenheit, nämlich in Friedrich Nietzsches Hirn. Die Mecklenburgische Schweiz wurde dreizehn Zentimeter nach links geschoben und schnalzte dann, als hätte sich's der ganze Unsinn anders überlegt, wieder an ihren alten Platz zurück, was zahlreiche Frösche fürchterlich mitnahm. In allen Großstädten vergingen bei den Verschlingungen und Verwüstungen im Schnitt zwei Drittel der Bevölkerung auf die eine oder andere, gedrehte oder gestreckte, zerrissene oder gestauchte Art.

Sogenannte Ausländer, Menschen, die nach finsterem Blut- und Stammesrecht nicht dazugehörten und deren temporal-spatiale Einbettung ins Land und dessen Traumorientierung sowieso stets leicht von derjenigen des einheimischen Menschenschlags abgewichen war, überlebten das Ereignis nicht: Schweizer liefen an Hauswänden herunter wie verschüttete Milch; Afghanen lösten sich in rauchige Kringelchen auf; Chinesen und Taiwanauten verhallten als bläßliche Echos; Italiener, die zwanzig Jahre hier gewesen waren, und in Düsseldorf geborene Türken büßten ihre sämtlichen Wassermoleküle ein und rieselten als feiner Staub zu Boden. Ein Ziehen, das wie »Sarra« klang, zog zwetschgenblau durch zwiefach zweifelhafte Zeit. Aus der abgeschnittenen Zukunft fielen zwölf intelligente, ab 2036 im Personennahverkehr bundesweit als Chauffeure eingesetzte Tintenfische in den Kölner Dom, wo sie von einer Horde altrheinischer Frühmenschen mit Knüppeln und Steinen zerpatscht wurden. Nach dreißig Planckintervallen sortierte sich das Land, neu eingebrezelt und erfolgreich mit sich selbst verstopft, von Nord nach Süd und Ost nach West her. Kleine Unregelmäßigkeiten traten auf: Die Hamburger Trockendocks staken kurz ins südbadische Wiesental, das Oktoberfest glitt brüllend die Zugspitze herunter, und die Bonner Universität fiel in den Bodensee. Nach weiteren zwölf Planckintervallen unterwarfen sich die meisten dieser Abweichungen den nun obwaltenden, ganz anders aufgebauten Dekohärenzeffekten und sanken auf das niedrigste erreichbare Energieniveau ab.

Gewölbe ins Weite, Paläste in Flammen, Schöpfung im Stocken, Leben aus dem Zusammenhang, Tanz der Scheiße, Bruch des Geheimnisses, Erbleichen Gottes, Überschwang aller Nährstoffe des Verkehrten.

Dem Teufel tat der Hintern weh, so viel war da auf einmal rausgefallen.

Ein Hund bellte.

Ein Baum fiel um, ein Tourist aus Hessen saß zwischen zwei Versionen des Loreleyfelsens fest. Pfadintegrale wurden gebildet, Wahrscheinlichkeitswellen glichen einander aus, löschten oder verstärkten sich gegenseitig. Endlich war es geschafft: Deutschland, raumdicht, zeitdicht, ein Hosentaschenuniversum, Lichtprovinz, Geruchsprovinz, Geschmacksprovinz, Berührungsprovinz, Geräuschprovinz, Schwerkraftprovinz, Beschleunigungsprovinz, Elektronenprovinz, Nichtraum, Antikosmos über alles in der Welt.

Ein Standort, der von nichts mehr abstand, war geschaffen.

13.

Kanzlerplage

Nur drei der zehn Kanzler – neun ehemalige und ein vom Moment der Katastrophe aus betrachtet erst zukünftiger, übrigens weiblicher –, die im Moment der erfolgreichen Selbstdurchdringung Deutschlands allesamt in der Trabantensiedlung in die Wirklichkeit purzelten, die unter anderem von Familie Vollfenster und der alten Frau Etzel bewohnt wurde, überlebten die ersten zehn Minuten der Pfropfenära.

Einer wurde von der Alten gefressen, er ist uns schon begegnet. Drei gingen sofort in Flammen auf, zwei wurden von Frau Etzels Katzen getötet. Die überaus verwirrte Frau Porst von den GRÜNEN, die in den vierziger Jahren des einundzwanzigsten Jahrhunderts von einer öffentlichen Empörungswelle über den größten europäischen Umweltskandal aller Zeiten ins Amt gespült worden sein würde, lief vor ein führerlos die Straße runterbrummendes Müllauto, geriet unter die Räder und wurde bis zu der kleinen Bäckerei mitgeschleift, in die der Wagen krachte, woraufhin er zur Seite kippte und rauchend liegenblieb, zwischen Laugenbrötchen, Rosen und schlampig entrollten zusätzlichen Raumdimensionen, die ein bißchen wie Schmetterlingstrauben aussahen.

Die drei verbleibenden Kanzler hatten den Unfall mit angesehen und waren gewarnt.

Sie rannten um die Ecke des froschgrün gestrichenen Autohauses, das gegenüber der Bäckerei stand, und duckten sich hinter einer schwarzen Tonne, um miteinander zu beraten, was geschehen sollte.

»Wir könnten beten«, schlug der erste vor, »hilft immer.«

»Reiß dich zusammen«, schnob der zweite verächtlich. »Beten und Flennen bringen uns nicht weiter. Wo sind wir überhaupt?«

»Ihnen, hören Sie, fehlt die Demut. Ihnen hat schon damals alle Demut gefehlt«, murrte der erste.

»Ich brauche keine Predigt. Ich brauche einen Krisenstab«, stellte der zweite sachlich fest.

»Wir brauchen keinen Krisenstab, wir brauchen nur den HErrn. Sein Stecken und Stab trösten uns …«, insistierte weinerlich der erste.

»Weißt du, wohin du dir deinen Stecken und deinen Stab …«, verlor der zweite die Geduld.

Der dritte öffnete den Mund: »Aber meine Herren!«, als ein Zischen von rechts alle drei erschreckte: »Pssst! Leise! Sonst finden sie uns!«

Hinter einem Trafokasten traute sich Rosalies Vater hervor. Eine wilde Locke hing ihm lustig vors Gesicht, das rot war vor Anstrengung und Erregung. Sich gleichzeitig zu ducken und die Balance zu halten, stellte sich als so schwierig heraus, daß er endlich doch lieber nach vorn auf alle viere kippte. Unglücklich sagte er: »Sie sollten nicht so einen Krach machen. Das hier ist ernst.«

In der Tat war Bernd Vollfenster, Held des direkten begrifflichen Zugriffs, einer der ganz wenigen Menschen in der neu entstandenen endlichen und abgeschlossenen deutschen Raumzeit, die wußten, wie ernst diese Sache war, weil die Abschließung Deutschlands nicht nur das Land, sondern auch die mittelfristige Zukunft der Sonne und ein großes Tortenstück verschiedener Wirklichkeitsnischen des gesamten Planeten Erde umfaßte, sorgfältig berechnet auf höchstmögliche geometrodynamische Stabilität.

Vollfenster hätte sich den drei Kanzlern, die hinter dem Container hockten, als wollten sie demnächst die bekannte

Figur der drei Affen imitieren, eigentlich ganz gern vorgestellt, aber er fand die Worte nicht.

»Wer sind Sie?« fragte streng der Verbissenste der drei.

Vollfenster überlegte, ob es nicht nützlich sein mochte, den dreien mitzuteilen, daß es allen Grund zur Panik gab, da sich weder von Pütterwitz noch irgendein anderer der in die Feinheiten des Unternehmens Monogenis Eingeweihten derzeit auf Handy-Anwahl meldete und man deshalb die Möglichkeit in Betracht ziehen mußte, daß irgendeine unbekannte Partei sich das Projekt offenbar in genau dem Moment unter den Nagel gerissen hatte, als es in sein entscheidendes Stadium getreten war.

Weiter als »Sehen Sie, das ist so …« kam er nicht.

Denn in diesem Augenblick unterbrach ihn ein scheußliches Fauchen aus vierzehn hungrigen Mäulern. Frau Etzels Katzen, immun gegen Sonnenlicht und durstig nach Kanzlerblut, griffen an.

14.

Musik

Rosalie freute sich nicht gleich über das, was sie vorfand. Es war ihr anfangs zu erstaunlich.

Zunächst bemerkte sie, daß das Ende des Kieswegs den Hasen Mandelbaum, den ältesten Kommunisten Deutschlands sowie sie selbst mitten in die Stadt geführt hatte, wenn sie auch nicht entscheiden konnte, ob diese Stadt wirklich das gewohnte Frankfurt war. Rechts, nach Westen, standen ein paar Gebäude aus Eisenach, weil Eisenach in der neuen deutschen Ordnung teilweise ins alte Frankfurt am Main hineinragte.

»Bin ich wach?« fragte sie sich.

Vor Rosalie, dem Hasen Mandelbaum und dem ältesten Kommunisten Deutschlands lag eine Waldlichtung.

Auf der spielten ein paar Hunde, Vögel und Bäume Rockmusik.

Eine Birke hatte den Baß umgeschnallt, zwei Tannen schlugen Gitarren, die Vögel sprangen auf dem Schlagzeug herum, pickten die Snare oder knallten in wildem Flattern mit Anlauf gegen die Bassdrum. Der Hund am Mikrofon sang ein Stück von Bob Seger, von dem er nicht wußte, daß es Bob Seger geschrieben hatte, weil er nur die Coverversion von Thin Lizzy kannte.

Den Text brachte er nach Gehör, denn er konnte kein Englisch:

> *She's quite the mediator*
> *A smoother operator you will never see*
> *She'll see you later*
> *And no one dares dissuade her openly*
>
> *She knows music*
> *And no music till you see*
> *She's got the power*
> *Of loyal teens – queen Rosalie*
>
> *Rosalie … Rosalie … Rosalie*

Beim Refrain fing der älteste Kommunist Deutschlands beifällig an, mit dem Kopf zu nicken.

Auch Mandelbaum gefiel die Darbietung, man sah's am rhythmischen Zucken des Näschens.

Zum Glück war die Gruppe nicht allzu laut, so daß Rosalie sich hinunterbeugen und den Hasen fragen konnte: »Träume ich, oder ist das echt?«

»Das ist echt«, stellte Mandelbaum fest, »und außerdem ein hochinteressanter Feldeffekt der Plombierung des Landes.«

»Plombierung.«

»Ja. Es leuchtet mir zwar sofort ein, aber ich hätte es nicht aus freien Stücken erwartet oder vorausberechnen können.«

Der Hund legte sich ins Zeug:

Waff … Salie … Waff, Rrrwuff!

»Was für ein Feldwasbitte?« fragte Rosalie.

»Ich nehme an, wir haben es mit einer Involution der Welterschließungsfunktionen des gesamtdeutschen Bewußtseins zu tun.«

»In wo?«

»Involution heißt … das bedeutet umkrempeln«, sagte der Hase.

»Wie Revolution«, ergänzte der älteste Kommunist Deutschlands.

»Nicht ganz«, berichtigte der Hase, »Revolution meint eigentlich Umlauf und Umdrehung. Wie beim Sonnensystem, oder im Bohrschen Atommodell. Involution dagegen … das ist in der Topologie so etwas Ähnliches, wie wenn du eine Jacke von innen nach außen krempelst. Eben das ist mit der Welt, die du kennst, an bestimmten Stellen passiert, als Deutschland dichtgemacht wurde. Hier zum Beispiel, vor uns auf dieser Lichtung, ist Natur, also der Hund, die Vögel, die Bäume, das ganze *Agencement*, umgekrempelt worden zu Kultur, wie Stadt zu Waldlichtung … ich nehme an, daß wir keine … wie sagt man … rockenden … Tiere und Pflanzen jenseits dieses Ortes finden werden. Solche Effekte sind immer streng lokal. Wahrscheinlich ist das im ganzen Land die einzige Stelle, an der die Transformation genau diese Form annimmt.«

»Bin beruhigt«, quengelte Rosalie, während die Seger-Nummer, dem Kommunisten zuliebe, in eine zerkläffte Version des »Arbeitereinheitsfrontliedes« überging:

> Drum Waff zwei Wuff,
> Drum links grrwuff waff
> Wo dein waff Genosse blaff
> Rrrglknurr …

Der Alte reckte leicht zerstreut die linke Faust, so gut und zitternd es ging. Rosalie nahm Mandelbaum hoch, der sich dafür bedankte, und sagte: »Wenn das der einzige Ort ist, an dem das so passiert, dann habe ich davon jetzt genug gesehen. Wir hauen ab, okay? Du weißt offenbar genug, also weißt du auch, wo es ein bißchen normaler aussieht. Da will ich hin.«

»Gern«, sagte Mandelbaum, »wir haben wichtigeres zu tun, als hier herumzustehen.«

15.

Gardinenpredigt

Clea freute sich nicht gleich über das, was sie vorfand. Es war ihr anfangs zu erstaunlich. Nachdem die Millionärstochter, einigermaßen schockiert von den Überresten des nicht ganz aus der Welt Gedrückten ihrer beiden Bewacher, die sie beim Heraustreten aus ihrer abgestürzten Holzdachkammer im Gras gefunden hatte, eine Weile im zunehmenden Dunkel dichter Baumhaufen herumgeirrt war, fing sie an, sich zu fürchten. »Bin ich wach?« fragte sie sich.

Sie war mitten im Wald. Da stand vor ihr ein mit zahlreichen Flutlichtscheinwerfern taghell angestrahltes, mehrstöckiges Parkhaus aus Beton. Sie lief, benommen wie sie war, staksend darauf zu und hielt Ausschau nach einem Parkwächterhäuschen. Sie fand eins. Darin befand sich allerdings niemand. Clea ging nicht tiefer ins Gebäude als bis auf die erste Parkebene, die lückenhaft mit Autos vollgestellt war. Auch dort sah sie keinen Menschen. Nichts antwortete auf ihr Rufen: »Hallo? Hallooo? Ist hier irgendwer?«

Es war hier zwar wärmer als draußen, dafür aber würgte die Luft sie stickig und abgasschwer im Hals. Deshalb lief sie wieder hinaus und setzte sich auf einen schmalen Streifen Bürgersteig, der einladend unterm Parkhausrand hervorstand.

Erdverschmiert, mit Laub bedeckt, leicht zerkratzt und angeschlagen trat vor ihr Hendrik aus dem Unterholz.

»Clea … Mensch … Gott sei Dank«, ächzte er und ließ sich helfen, »da hinsetzen … würd' mich gern da hinsetzen. Ja. So. Oh je, hab' schon gedacht … ich war bei der Hütte, hab' sie gerade noch … erreicht, als diese … als das passiert ist, der Irrsinn. Ich hab' nur die zerrissenen … den armen Kerl gefunden. Ich dachte, du wärst auch futsch.«

Clea lächelte und versuchte, das teilnahmsvoll aussehen zu lassen. Dabei fühlte es sich eher triumphierend an: Er macht sich einen Kopf meinetwegen, sehr gut.

»Was ist hier überhaupt passiert?« fragte sie, und pflückte ihm Blätter, Hölzchen und Stöckchen vom T-Shirt und aus den Haaren.

»Keine Ahnung. Vielleicht ein Al-Kaida-Anschlag mit Atombombe. Ich bin mit dem Moped her.

Das Ding hat's mitsamt dem Weg nach links gelegt, in der Abfahrt vom Bahndamm zur Hütte. Dann bin ich in den Dreck gerutscht und … da war so'n Gefühl, daß sich die Welt umdreht.«

»Umdreht? Du meinst, alles stand auf dem Kopf?«

»Mehr so, wie wenn sich der Magen umdreht.«

Er öffnete die Augen und sah Clea an, nicht gerade verliebt, aber erleichtert: ein Mensch, ein vernünftiges Gegenüber, das ihm vielleicht helfen konnte, sich zurechtzufinden.

»Was meinste, Clea? Was machen wir jetzt?«

»Hast du dein Handy dabei? Ich hab' meins den Jungs gegeben und … wollte es vorhin nicht suchen. Da …«

»Nee, Handy hab' ich nicht«, sagte er, »weil ich nämlich gar kein Handy hab', weißt du.«

Clea riß in gespieltem Entsetzen die Augen auf, klatschte sich mit beiden Händen sacht gegen die Wangen, formte den Mund zum runden Oh und kiekste: »Kein Handy! Ein moderner Mensch wie du! Unmöglich!«

Hendrik runzelte die Stirn und sagte leicht verlegen: »Na ja, so viele Kumpels, die dauernd wie ihr Mädchen mit den Dingern rumtratschen, hab' ich ja nicht …«

Sie schien ihn gar nicht gehört zu haben, lachte und sagte: »Egal, dann gehen wir jetzt da wieder rein, würd' ich meinen.«

Clea stand auf, faßte ihn am rechten Handgelenk und zog ihn, der sich selbst hochdrückte, in die aufrechte Position.

»Was machen wir da?«

»Wir suchen ein Telefon.«

»Und wenn wir keins finden?«

»Dann gehen wir halt durch den Wald zurück in die Stadt und suchen 'ne Säule. Dann rufen wir meine Mutter an und blasen den ganzen Entführungsblödsinn ab. Oder wir sagen, du hättest mich gerettet, und dann zahlt dir meine Mutter die Mitgift schon mal vorab aus. Da fahren wir erst mal schön lang in den Urlaub und …«

Auf einmal ließ sich Hendrik nicht mehr bewegen, entzog ihr seine Hand, stopfte beide Hände tief in seine Hosentaschen und sah Clea finster an.

»Was ist denn jetzt? Sind wir brummelig?« Sie tipste ihm mit dem rechten Zeigefinger gegen die Brust.

Er trat einen Schritt zurück und sagte, gefährlich leise: »Du denkst, du hast mich im Sack, ja? Deine Mutter kauft mich dir jetzt als Geschenk, und dann wird alles super? Und was hier gerade sonst läuft, das interessiert dich eher nicht, oder?«

Ungläubig und immer noch ein bißchen lachend – was war denn das jetzt? – sagte Clea: »He, reg' dich ab, ist doch 'n Abenteuer, oder?«

»Ja, klar, ein touristisches … tolles … weißt du was, Clea? Röschen ist zwar manchmal auch bescheuert, aber jedenfalls nicht halb so hohl wie du. So total weltüberhohl. Du bist so leer, das faßt man gar nicht.«

Das war natürlich das Gemeinste, was er hätte sagen können: den Namen der Konkurrentin in einem solchen Zusammenhang zu nennen, entsprach einer schallenden Ohrfeige. Sofort wurde Clea mißmutig: »Na, dann entführ' doch das nächste Mal die, wenn du kannst, deine Kuh. Mal sehen, was sie dir dann wieder für eine Moralpredigt hält, verklemmt wie sie ist.«

Hendrik lachte jetzt auch, es klang bitter: »Weißt du, was echt 'n Abenteuer wäre? Wenn ich dich mal in den Scheißsupermarkt mitnehmen würde, wo meine Eltern am Samstag für uns alle einkaufen, weil sie so genau rechnen müssen. Und wir sind Akademiker, wir sind relativ reich … noch besser, ich nehme dich mal dahin mit, wo Osmans Eltern einkaufen. Jetzt müssen sie für den ja wenigstens nicht mehr einkaufen, er ist ja jetzt weg vom Fenster.«

»Supermarkt, toll. Und was soll ich da dann für ein Abenteuer erleben?« Clea gab sich alle Mühe, daß sich das möglichst patzig anhörte.

»Kannst dann mal versuchen, einzukaufen. Mußt aber, damit das Spiel auch Spaß macht, so tun, als ob du nur ganz wenig Geld hättest.«

»Und das fände ich witzig, oder was?«

»Du wärst wahrscheinlich der erste Mensch, Clea, der in dem Laden was zu lachen hätte. Wär' das nix? Mal einen Tag, nur einen Scheißtag lang leben wie normale Menschen? Willst du vielleicht auch mal mit normalen Menschen ins Bett? So normalen Menschen wie mir?«

»Ich versteh' gar nicht, was du hast«, sagte Clea, jetzt eher defensiv, und streckte ihre Hand nach seiner in der Hosentasche vergrabenen Rechten aus.

»Miet' dir doch mal 'ne Wohnung überm Dönerladen«, sagte Hendrik und kam jetzt richtig in Fahrt, »dann schneid' dir deine Haare mal so, wie sie die Mädchen sonst haben, und such' dir 'n Job, rauch' paar Drogen, häng' in der Spielhalle in der B-Ebene vom Hauptbahnhof rum, tu' so, als wärste nie auf so 'ner Superschule gewesen, und weißte was?«

Sie wich zurück, er rief: »Du wirst es trotzdem nie kapieren. Denn wenn du da dann spätabends im Bett liegst und den Kakerlaken dabei zuguckst, wie sie die Wand rauf- und runterkrabbeln, dann könnteste immer noch deine Drecksmutter anrufen, und die kommt dann mit dem Chauffeur angefahren und bringt alles in Ordnung. Du wirst es nie erleben, wie das ist, als normaler Mensch, du wirst nie scheitern wie meine Brüder, du wirst nie zugucken, wie dein Leben vom Tisch rutscht und wie du nix mehr machen kannst außer kiffen und saufen und Rapstars imitieren, weil du halt nichts anderes mehr zu tun hast.«

»Na ja, vielleicht fände ich das ja cool, du Arschloch!« wehrte sie sich hilflos.

Er lachte trocken und schob sich an ihr vorbei, ohne sie anzusehen. Auf dem Weg nach innen, um ganz so, wie ihr das eingefallen war, ein Telefon zu suchen, spuckte er: »Lach' halt noch 'n bißchen, so wie du immer lachst, wenn du mit uns rumhängst, auf dem Hof, und nicht raffst, daß wir nicht mit dir, sondern über dich lachen, über diese unfaßbaren Blödheiten, die du dauernd von dir gibst und machst, weil du so blöd, so saublöd bist, daß du sogar denken kannst, es könnte cool sein, wenn man kein Geld hat. Für dich ist es Tourismus, für andere ist es das Leben, und alle Menschen hassen Touristen, besonders solche, die alles zum Lachen finden, da, wo sie nicht leben müssen.«

Damit ließ er sie stehen. Das erste Mal in ihrem jungen Leben fühlte sich Clea Pinguin keineswegs wie eine Touristin, sondern wie ein Flüchtling.

16.

Kunst hat Hunger

Fünfzehn Minuten neuer deutscher Inertialzeit benötigte das alleingelassene Kunstwerk, das Clea Pinguins Mutter eben noch hatte kaufen wollen, um sich an die Gegebenheiten zu gewöhnen. Dann erst bemerkte es, daß der Hase Mandelbaum verschwunden war.

»Tolle Show«, knurrte das Kunstwerk. Brütend und unbeweglich blieb es eine Weile an Ort und Stelle stehen, bis ihm nach weiteren fünfzehn Minuten auch das zu fade wurde. Aus Jux und Spuk versuchte es, die Standbeine des Gestells zu bewegen, auf das man es montiert hatte. Überrascht stellte es fest, daß das neuerdings tatsächlich ging. Mit etwas Mühe kam es durch die Tür. Dann fiel es die Treppe hinunter aus dem Haus und lag zunächst verärgert auf der Seite, war aber intakt geblieben und hatte die Kontrolle über seine beweglichen Gliedmaßen bewahrt. Zwei Zeugen Jehovas, die beim Klingeln heute wenig Glück gehabt hatten und deren Frisuren vom Untergang reichlich zerzaust waren, hörten das Kunstwerk stöhnen, richteten es auf und wollten mit ihm über Jesus reden. Das Kunstwerk schlug ihnen das ab, mit der nicht ganz verkehrten Begründung: »Jesus ist für Menschen.«

Die Zeugen hörten es mit Bedauern.

»Wissen Sie, im Vertrauen«, sagte der ältere und müdere der beiden, »wenn der Weltuntergang dann schließlich passiert, und es öffnet sich nicht das Wolkendach, und es kommen keine himmlischen Heerscharen angeritten, dann wird einem natürlich leicht zwiespältig.«

Das Kunstwerk nickte verständnisvoll, aber da es keinen Kopf, sondern nur eine Tafelfläche hatte, interpretierten die beiden Zeugen das als undankbaren Angriff des Geschöpfs, das sie so freundlich aufgerichtet hatten. Sie ergriffen die Flucht.

Das Kunstwerk litt Hunger.

Es wußte nicht, was es essen sollte, weil es noch nie Hunger gehabt hatte. Deshalb machte es sich auf den Weg, um irgendwelche Läden – vielleicht solche für Inneneinrichtung, oder Kunstbuchhandlungen? – zu suchen, in denen es etwas seinem Appetit Angemessenes geben mochte.

Nach einiger Zeit der Suche zwischen Vorstadtvillen, Trümmern eines Münchner Riesenrads, umgestürzten Blumentrögen vom Vorplatz des Hannoveraner Opernhauses und Dachschindeln der St. Laurentius-Kirche von Rottach-Egern am Tegernsee erreichte das Kunstwerk, das sich allmählich immer weniger minimalistisch und schon fast ein wenig nach Renaissance fühlte, einen ehemaligen Dumping-Supermarkt auf freier Fläche. Ob es sich ursprünglich um eine »Plus«-Filiale, einen »ALDI« oder einen »Penny Markt« gehandelt hatte, war nicht mehr auszumachen. Ein Ungeheuer hatte den Ort in Besitz genommen und verwandelt: Die alte Etzel, ehemalige Nachbarin der Familie Vollfenster, die jetzt nicht nur aussah wie Mick Jagger, sondern sich auch so kleidete (inklusive zu enger Jeans und grober Leinenhemden mit offenem Kragen), hatte ihren Vampirkatzen befohlen, ein Hauptquartier samt Labor für Schimärenforschungen einzurichten. Die tückischen Geschöpfe hatten dem Befehl in Windeseile entsprochen, danach sah der Ort jetzt aus.

Daß die Alte eine wirkliche Finsterhexe geworden war, gehörte zu den Feldeffekten der Selbstverschlingung Deutschlands, die den Hasen Mandelbaum faszinierten: Eben noch hatte sie nichts Esoterischeres gewußt als ein paar Kuchenrezepte, Stammbäume der wichtigsten europäischen Fürstenhäuser und Hausmittel gegen unbedeutende Malaisen. Jetzt aber standen der Erzbösen Kenntnisse über die Essenzen Ägyptens, den Drudenfuß, die dunklen Götter Belial und Motörhead, den Stein der Weisen, die Jungfrauenopfer Assyriens, grüne Tinkturen, Liebeszauber, Wetterverwünschung und Nekromantie zur Verfügung.

»Ergreift das Gebilde! Fangt es und holt es mir her, meine Kinder!« keifte das Kebsweib aus Lautsprechern, die so derb übersteuert waren, daß man ihr Pfeifen bis ins Weltall hören konnte.

»Ich will's haben! Muß es haben! Ich werde es töten und kochen!«

Die Stunden, die seit Beginn der neuen Zeit verstrichen waren, hatte die Hexe dazu genutzt, ihre Katzen mit Magie und schamanischer Bionik, zu deren Vervollkommnung sie in ihrem neuen Hyperhexenhaus allerlei Trivialzutaten wie Klebstoff, Bohnen in Dosen und Scheuerwolle aufgetan hatte, in reißzähnige Ungeheuer auf spinnenstaksigen Stelzenbeinen zu verwandeln. Zwei Gruppen zu je einem halben Dutzend Tieren klapperten von links und rechts auf das Kunstwerk zu, das sich im selben Moment schlagartig darüber klar wurde, was für Nahrung es benötigte: Zeitungen. Ausschließlich Zeitungen, das war's.

»Kommt nur ran«, knurrte das Kunstwerk. »Stelzenbeine, brrr. Dalí-Kitsch!« Wartet nur, dachte es grimm, so surrealistisch wie ihr kann ich schon lange! Aus seinem Innersten hustete es blaue Flammen, stellte sich auf seinen Holzständern schief und ließ Feuerkugeln als heiße Tropfen von Rand und Rahmen fallen.

Kaum auf dem Boden angelangt, rasten die kompakten Blitzbälle auch schon zwischen den überraschten Katzen hin und her, bissen ihnen in die Beine, versengten und verkohlten sie, fraßen die Stelzen bis auf Stümpfe ab und gerbten den hilflos am Boden liegenden, sich windenden und zuckenden Monstern die schmutzigen Felle.

Entschlossen zur Konfrontation mit ihrer Herrin schritt das Kunstwerk geradeaus.

»Fluch dir!«

Die Hexe setzte Wäscheklammern, einen Hammer und die weiße Sandale des Narcissus ein, um ärgsten Zauber zu schleudern. Es klirrte falsch. Es rumpelte verboten.

»Schnauze.«

Das Kunstwerk parierte geschickt mit einem Happening in Licht und Raum. Richtungen rumpsten. Ein großes Zack entstand und klingelte rückwärts.

»Weiche, weiche!«

Die Hexe warf mit verwünschtem Zimt, ließ Quecksilber regnen, blies Muskat und Pfeffer aus der Nase und kotzte kupferfarbene Eisbrocken aus.

Ein hochverqueres Rascheln streckte sich, auf daß ein Scheppern daraus würde.

»Fresse!«

Das Kunstwerk spie Neo-Dada-Manifeste, Schnappschüsse, Videos und Fluxusflocken. Dann schmiß es eine Truhe mit Speiseeis um.

Bratzigkeiten brockten, Nichtiges fing an, im Ultraschallbereich zu nörgeln.

»Hebe dich …«, begann die Hexe und griff nach ihrem Beutelchen mit Krötenaugen, um sie auf den Weg zu streuen, den das Kunstwerk würde gehen müssen. Es reagierte geistesgegenwärtig mit pürierten mixed media, welche die Hexe unter sich begruben, ihr das Genick brachen und sie danach langsam und genüßlich in fünf kantige, aber drehsymmetrische Teile sägten.

»Na also.«

Das war gar nicht so schwer gewesen, fand das Kunstwerk.

Inzwischen brennend hungrig schritt es den verwüsteten Kampfplatz ab und war erleichtert, als es ein Bord mit Zeitschriften und aktuellen Tageszeitungen fand. Es machte sich jedoch nicht wüst darüber her, sondern aß in Muße, zerkaute jede Phrase, alle wichtigen Neuigkeiten – eine Weile, nahm es an, dürfte es wohl nichts dergleichen mehr geben, zumindest nicht »aus aller Welt«.

Am Ende des Mahls, als das Kunstwerk sich die schmale Eßluke mit einem Bündel Frauenzeitschriften abtupfte, ließ ein Geräusch es zusammenfahren: Knispeln zwickte, Knacken wurmte.

»…fe? …fe?«

Das hatte kläglich geklungen, fand das Kunstwerk, also kaum bedrohlich.

Beim zweiten Mal war's deutlicher zu hören: »Hilfe. Hilfe? Ist da … ist da wer?«

Vorsichtig genug, doch nicht übertrieben ängstlich ging das Kunstwerk die eingedellten Reihen der Warenregale entlang, zwischen denen die kurze, aber heftige Schlacht mit der Hexe sich ereignet hatte. Am Abstellplatz für Kisten mit leeren Flaschen stand ein großer Tisch, um den zerstreut verstümmelte Kanzlerbestandteile vergammelten. Auf der Tischplatte, mit Lederriemen, Nägeln, Gabeln und Bindfaden festgesteckt, lag rücklings Rosalies Vater Bernd Vollfenster und ächzte. Seine Beine waren in Schienen aus gehärtetem Gips und Pappmaché eingesperrt, die ein Zauberspruch bruchsicher versiegelt hatte.

»Hallo? Ist da … ah, oh, ein … ein Werk. Gott sei Dank. Ich kann meine Beine nicht bewegen.«

»Wieso nicht?«

»Die … diese Hexe. Sie hat sie mir wahrscheinlich abnagen wollen, und dann auch solche Stelzen dranbasteln wie bei den … Katzen. Ist sie weg? Ist sie tot?«

»Hat sich erledigt«, bestätigte das Kunstwerk und biß die Fesseln des Herausgebers durch. Der seufzte, setzte sich gerade hin, strich sich den verschmutzten Anzug glatt und sah das Kunstwerk fragend an.

»Was denn?«

»Na ja … meine Beine? Was ist damit?«

»Sorry. Verhext. Kann ich nix dran machen.«

Rosalies Vater wurde ärgerlich: »Was heißt das, nix dran machen? Soll ich hier sitzen bleiben und … verschimmeln?«

»Du kannst dich auf mich drauflegen. Wir gehen jemand suchen, der dich da rauskriegt«, schlug das Kunstwerk vor und lehnte sich flach auf sein Gestell.

Bernd Vollfenster hob sich nicht ohne Mühen von der Platte, an die er gefesselt gewesen war, rollte sich hinüber auf das dicht an dicht danebenstehende Kunstwerk und sagte: »Ich bin übrigens Bernd Vollfenster.«

»Ohne Titel«, stellte sich das Kunstwerk vor.

17.

Hendriks Geständnis

Als sie den von Farnen aus der Urzeit fast völlig zugewucherten Bahnhof Sportfeld gefunden hatten, setzten sich Hendrik und Clea erleichtert ins Gras. Im gelbroten Spätnachmittagslicht teilten sie ein paar von den Chips, Schokoriegeln und Coladosen, die sie mit Hilfe eines Feuerlöschers aus dem Automaten im Parkhaus befreit hatten.

Die Nacht lang waren sie im Kassiererhäuschen geblieben, auf Hendriks Vorschlag hin abwechselnd Wache schiebend: »Wir sollten das Parkhaus nicht untersuchen. Ich betrete überhaupt kein Gebäude mehr, bevor ich nicht weiß, was passiert ist«, hatte er erklärt. »Aber wir sollten auch nicht beide ratzen, falls doch wer drin ist, irgendwo im Parkhaus, mein' ich, und plötzlich rauskommt.«

Viel Schlaf war beiden nicht geschenkt worden. Hendrik hatte zwar aus geparkten Autos ein paar Decken gestohlen und aus dabei ebenfalls mitgenommenen Jacken Kissen geklumpt, auf dem Fußboden war es aber trotzdem sehr kalt gewesen. Am Morgen hatten sie den Automaten entdeckt und geplündert, dann waren sie sofort aufgebrochen, um schleunigst aus dem Wald zu finden – »oder«, so Clea fatalistisch, »tiefer reinzustolpern«.

Hendriks Beteuerung, es sei völlig sicher, sich am Moosbewuchs der Bäume zu orientieren, kam ihr nicht besonders glaubwürdig vor.

Tatsächlich orientierten sie sich beim Marsch durch den Wald und in die Richtung, in der man menschliche Ansiedlungen vermutete, dann doch nicht am Moos, sondern an der Sonne, das heißt an deren vermuteter Bahn, die man mit den eigenen Armbanduhren abglich. Beide hingen schweigend ihren je eigenen Gedanken nach; Clea fühlte sich vage eingesperrt in einer Art Reservat, und Hendrik vermißte, ohne sich darüber recht klarwerden zu können, seine rüden Freunde mit dem vornehm kultivierten türkischen Kampfakzent, auch die Brötchenserbin, alles eben, was nicht leitkulturdeutsch schmeckte. Am liebsten hätte er getan, was der älteste Kommunist Deutschlands als »seine Klasse verraten« kannte, aber wie? An wen?

Unterwegs stießen Clea und Hendrik auf diverse Objekte, Zeichen und melancholische Relikte. Leider war nichts dabei, was sprechen oder sich sonstwie erklären konnte: tote Delphine in zertrümmerten Tanks, ein silbergrau bestäubtes Mondauto und eine feuerrote fliegende Untertasse von anderthalbfacher Menschenhöhe Durchmesser, die wie ein schwerer, von Riesenhand geworfener Diskus im Boden steckte. »Absolut glatte Oberfläche ohne Lichter oder Luken«, stellte Hendrik fasziniert fest, aber Clea zerrte ihn fort: »Das vibriert, das Ding, wenn wir näher kommen, merkst du das? Laß uns 'nen Bogen drum machen, bitte.«

Beim Kauen und Ausruhen, gute achtzehn Stunden nach Verplombung des Landes, sah Hendrik deutlich entspannter und freundlicher aus als gestern abend. Clea riskierte eine wichtige Frage: »Sag' mal? Hendrik? Du hast mir nicht erzählt, wie du dir eigentlich die ganzen Schrammen geholt hast – ist das nur passiert, weil der Weg samt Mofa umgefallen ist? Oder hattest du sonst noch … Erlebnisse?«

Hendrik sah sie nicht an, sondern schaute über die vorsintflutliche Landschaft, an deren äußersten Rändern man ein paar Dächer sah, weiter weg sogar die Hochhäuser der City.

Mit eifrigen Kiefern mahlte er auf seinem Twix herum. Dann schluckte er, spülte den Rest mit einem Schluck Cola runter und sagte gedehnt: »Aaaalso, ich wollte dir das gestern nicht sagen, weil … na ja, erstens hättest du ja vielleicht die Panik gekriegt …«

»Wie ritterlich«, spöttelte Clea.

»Tscho. Na…«, er suchte nach Worten, zuckte dann mit den Schultern und sagte schließlich: »Das Haus. An dem Haus, oder dem Rest davon …«

»Nur das obere Stockwerk war noch da, stimmt's? Total unheimlich. Und außerdem: Ein Glück, daß ich mir nicht das Genick gebrochen hab' bei der … Landung.«

»Ja. Jedenfalls, da waren … so Typen. So Managertypen mit Rollern und Aktenkoffern.«

»Echt?«

»Ja, aber keine normalen Menschen, sondern so diese halbfertigen Typen, die man jetzt …«

»Billige Menschen.«

»Genau. In Anzügen. Drei Stück.«

»Was haben die gemacht?«

»Ich fürchte, die haben dich gesucht. Ließen sie jedenfalls durchblicken, als sie mich gesehen haben. Und die wußten … die wußten auch, daß ich was damit zu tun hatte, daß du verschwunden bist. Deswegen war ich gestern nacht so stinkig zu dir. Unter anderem.«

»Unter anderem … aha«, sagte Clea, nicht böse, nur spitz.

Hendrik seufzte. »Ich dachte halt, du wirst es wieder allen erzählt haben.«

»Was?«

»Den Plan.«

»Wieso denkst du denn …«, brauste Clea auf, aber als sie Schuldbewußtsein in seinem Blick bemerkte, wurde sie milder: »Ach, weißt du … stimmt ja auch ein bißchen. Ich mach' mich schon gern wichtig, manchmal. Erst recht, wenn ich was Aufregendes erleben darf.«

»Manchmal«, lächelte Hendrik und machte eine wegwerfende Handbewegung: Schwamm drüber.

Er dachte an verschiedene Geschichten, die er mit Clea erlebt hatte und die jedesmal auf nicht nachvollziehbaren Wegen, aber unfehlbar sicher irgendwie zu Röschen gelangt waren, obwohl er beide Mädchen immer darauf einschwor, nicht rumzutratschen, eben weil er sowohl die dunkelhaarige Kluge wie die blonde Lustige um sich haben wollte.

»Was ist passiert? Ich meine, wie ist das ausgegangen, mit diesen Typen?«

»Ich hab' einen … gekickt, als sie mich greifen wollten. Der ist zusammengekracht. Auseinandergefallen, als ob er aus Lebkuchen wäre. Und die andern … na, besonders schnell beim Rennen waren sie nicht. Ein paar Haken in den Wald und ich war sie los.«

»Bist ja auch ein Supersportler«, schmeichelte Clea.

Hendrik stand auf, streckte ihr die Hand entgegen: »Wollen wir?«

»Wohin?« fragte sie zweifelnd.

»Zurück in die Stadt. Wir folgen den Gleisen. Besser als Moos am Baum, oder?«

»Jedenfalls glaubhafter«, sagte Clea und nahm seine Hand.

18.

Bei den Ökonomen

Rosalies Nacht war unerwartet angenehm gewesen.

Zwischen der Lichtung mit den rockenden Tieren und Bäumen einerseits und dem Frankfurter Stadtzentrum andererseits, in das Mandelbaum, der älteste Kommunist Deutschlands und sie selbst sich heute vorarbeiten wollten, hatte die kleine Gruppe auf einer beinah menschenleeren Straße – die wenigen Leute, die hier rumstolperten, kümmerten sich ausschließlich um ihre eigenen verwirrten Angelegenheiten – ein geräumiges, offenstehendes Bettengeschäft gefunden.

Dort drinnen ließ sich ein nettes Camp aufschlagen.

Als es dunkler wurde, nahm der älteste Kommunist Deutschlands ein paar Kerzen von einer Dekorationsleiste, stellte sie auf Dekonachttischlein und den Boden, zündete sie an und unterhielt Rosalie, die es sich auf dem breitesten und größten der Vorführbetten bequem gemacht hatte, mit alten Geschichten: »Es ist alles nicht halb so schlimm, wie es aussieht. Wenn man glaubt, die Welt ist schlecht eingerichtet, hat man vor dem Durcheinander keine Angst, weil man ja weiß, daß ein Durcheinander kommen muß, damit es besser wird.«

Dann erzählte er von Rußland 1905 und 1917, von der Pariser Commune, der Münchner Räterepublik.

»Ob es sich beim großen Durcheinander allerdings auch in unserem Fall um einen Umsturz dieser Art handelt«, gab Mandelbaum zu bedenken, »darauf würde ich derzeit noch nicht wetten wollen.«

Geschmeidig erwiderte der Alte: »Es gibt stabile schlechte Situationen, instabile schlechte Situationen, instabile gute Situationen und stabile gute Situationen. Die beste Situation ist die stabile gute, in der wir uns, das sieht jeder, gerade nicht befinden. Aber die schlechteste ist doch die, aus der wir kommen, die stabile schlechte. Die instabile schlechte wiederum ist erträglich, weil sie ja kippen möchte; die instabile gute aber auszuhalten, weil sie sich ja immer noch stabilisieren kann.«

»Außerdem ist es hier kuschlig«, fand Rosalie. Sie atmete auf; seit einigen Stunden fühlte sie sich irgendwie beengt – das war, auch wenn sie's nicht klar sah, die nagende Sehnsucht, einer Welt entfliehen zu können, in der sie nur noch ein deutsches Mädel sein sollte, und wieder an einen Ort zurückzukehren, wo man Leute treffen konnte, die andere als deutsche Geschichten mit sich führten.

Mandelbaum, der von sich sagte, er schlafe niemals und vermisse das auch nicht, hielt bei einer der Kerzen das, was er »Hasenwache« nannte. So konnten sowohl Rosalie wie der älteste Kommunist Deutschlands die ganze Nacht durchschlafen, was ihnen guttat, obwohl sie eigenartigste Träume träumten.

Hätten sie einander diese Träume am nächsten Morgen erzählt und sie verglichen, dann wäre es Mandelbaum vermutlich gelungen, sie auf der Grundlage seines Wissens über die Lage zutreffend zu interpretieren. Damit wäre klargeworden, in welcher der vier Sorten von Situationen, die der Alte erwähnt hatte, man sich tatsächlich befand.

Diese Gelegenheit wurde versäumt. Dafür gab es ein gutes Frühstück.

Drei Häuser weit neben dem Bettengeschäft stand eine Bäckerei. Im leicht zu bedienenden Ofen lagen unaufgebackene Brezeln, um die sich der älteste Kommunist Deutschlands und Rosalie kümmerten, während der Hase, der, obwohl er aus Stoff war, überraschenderweise auch essen konnte und wollte, es mit etwas Joghurt aus dem Bäckereikühlschrank genug sein ließ. Gestärkt brach man auf.

Der Hase sagte: »Wir haben einen langen Weg vor uns.«
»Weg, wohin?« Rosalie hob die Brauen.
»Nicht aus der Stadt hinaus, sondern spiralförmig immer tiefer in sie hinein.«
»Du redest schön geheimnisvoll daher, weißt du das, Hase?«
Mandelbaum nickte. Er wußte das, weil er sowieso fast alles wußte.

In einer Kiesgrube, die sich recht genau da befand, wo eigentlich die Hauptwache hätte sein müssen, erblickten Rosalie, der auf ihrer rechten Schulter sitzende Mandelbaum und der älteste Kommunist Deutschlands zwei Dutzend Wirtschaftswissenschaftler, Börsianer und Unternehmensberater. Die führten sich auf, als ob alles noch viel schlimmer wäre, als es tatsächlich war. Sie rauften sich, nahmen einander in den Schwitzkasten, drehten sich wie Derwische im Kreis und riefen Parolen:

»Management by Offenbarung! Management by Offenbarung!«
»Retail banking!«
»Planung ist unmöglich, das walte das Allokationsproblem!«
»Barwert, Barwert, alles hört auf mein Kommando!«

Zwei Frauen, deren Unterleiber komplett im Schotter versunken oder eingegraben worden waren, bewarfen einander mit Kieseln und stritten sich darüber, wer von ihnen beiden Angebot und wer Nachfrage sein durfte. Ein kleiner dicker Mann mit NYSE-Anstecker in der Zunge konnte zwar nicht reden, versuchte aber, einem anderen mit einer großen Gartenschere an die Haare zu gehen, was ein dritter dem erschrockenen Publikum am Grubenrand mit dem Ausruf zu erklären versuchte: »Er kürzt die Nebenkosten! Die müssen runter! Runter! Müssen runter! Down!«

Zwei weitere Herren, direkt zu Rosalies Füßen, gingen die Frisurenfrage noch radikaler an: Sie fraßen bewußtlosen Kollegen mit kräftigen Bissen buchstäblich die Haare vom Kopf.
»Die haben es nicht in die Armee geschafft, weißt du«, sagte Mandelbaum betrübt.
»Welche Armee?«
»Die Armee der Aktuatoren.«
»Akkuwas?«
»Das sind die Hände und Füße derjenigen Macht, die das Ganze hier hat geschehen lassen. Die Aktuatoren suchen derzeit ein Mädchen, das …«
»Mich?«
»Nein, du bist es nicht, obwohl ich das zunächst dachte, weil mein Blick auf die … Muster hinter allem dich als wichtigen Punkt erkannt hatte. Ich bereue trotzdem nicht, daß ich dich vor der Hexe und den Vampirkatzen in Sicherheit gebracht habe, als die neue Topologie noch instabil war …«
»Danke.«
»… denn du bist zwar nicht die, die alle suchen. Aber du bist sehr nett«, erklärte der Hase.
»Sehr nett bist du selber«, erwiderte Rosalie aufrichtig, während rechts von ihr der älteste Kommunist angewidert zurückwich, weil sich zwei fest ineinander verwrungene Anzugträger, die jeder

den andern als »Oligopolist!« »Monopolist!« und Schlimmeres beschimpften, bis auf zwei Dezimeter in seine Nähe gekämpft hatten.

Vorsichtig schlug er mit seinem Stock nach ihnen, da ließen sie einander los und starrten ihn an.

»Ich sollte ein paar Arbeiter oder Entlassene holen!« schimpfte der älteste Kommunist des Landes, »die würden schon mit euch fertig! Schämt euch, was ihr hier macht!«

Die beiden Ringer wechselten verdutzte Blicke. Dann sahen sie den Mann, der sie bedroht hatte, mit plötzlich kalkbleichen, wütenden Gesichtern an und zischten:

»Ein Dirrigisssssst!«

»Ein Gewerrrrksssssssschaftler!«

Trotz allgemeinem Lärm bekamen das auch andere Tobsüchtige mit. Gleich riefen welche: »Feind des Eigentums!«

»Ein Wohlfahrtsstaatler!«

»Marktverächter!«

Wie Vogelrufe oder Alarm unter Erdmännchen machte die Erregung sich unter den Irren in der Kiesgrube breit. Bald waren alle Einzelbrandherde gelöscht, alle Händel zum Stillstand gelangt und sämtliche Ökonomenaugen auf den ältesten Kommunisten Deutschlands gerichtet. Der stand fest und tapfer da. Mandelbaum aber flüsterte ihm zu: »Taktischer Rückzug, Genosse. Schlag dich in die Gasse drüben, beim Fotoladen.«

»Ich weiß nicht …«, zögerte der alte Mann, der sich mit dem Nachgeben schlecht auskannte.

»Hol doch Dings … hol doch deine Arbeiter. Nur Arbeiter können das hier abstellen, oder?« wisperte Rosalie, diplomatisch geschickt. Mandelbaum summte leise und zustimmend: »Mhmhm. Wir lenken diese Leute so lange ab. Rosalie?«

»Ja?« sagte das Mädchen und ließ die Ökonomen nicht aus den Augen, die nun an allen Punkten der Kiesgrube Anstalten machten, die Schräge emporzukraxeln, um oben einen Ring um die Eindringlinge ziehen zu können. Armee der Aktuatoren oder nicht, dachte Rosalie, sie bewegen sich zumindest in militärischer Choreographie.

»Du mußt jetzt laut brüllen, was ich dir ins Ohr flüstere«, riet ihr Mandelbaum.

»Alles klar«, sagte Rosalie, während der Kommunist langsam rückwärts von der Grube fortwich und sich dann, mit einem letzten Blick über die Schulter, abwandte und davontrippelte, um auf den Gassen und in den Straßen Arbeiter und Entlassene suchen zu gehen.

Als sie sahen, daß der Ketzer sich davonmachte, beschleunigten die Verrückten ihre Kletter- und Stolperunternehmungen. Die beiden ersten hatten es bereits geschafft und wollten schon losrennen, um die Verfolgung aufzunehmen, da rief Rosalie aus Leibeskräften, was Mandelbaum ihr eingegeben hatte:

»Wo sind wir? Befinden wir uns auf dem Gipfel, in der Rezession, im Tal, in der Expansion, in der Erholung, im Boom oder in der Depression?«

Sofort antwortete ihr ein vielstimmiges Gemurmel:

»Nun ja, mindestens sechs Monate …«

»Im nächsten Quartal wird wohl …«

»Man kann die Zinssenkung …«

Ermutigt vom Erfolg brüllte Rosalie weiter: »Wo bleibt die unsichtbare Hand? Hatte Keynes recht oder Friedman? Wann kommt der Innovationsschub? Und welche Folgen zieht er nach sich? Was halten Sie von Eurobonds? Wer meldet sich als Market Maker?«

»Der neue Markt ist wieder da!« antwortete einer aus dem zerzausten Chor und wurde sofort von zwei in seiner Nähe Stehenden bedrängt, die zusammen mit ihm abrutschten und die gebahnte Kiesfurt verloren.

»Wechselfälscher!« schubste einer der Haarfresser seinen ehemaligen Bündniskollegen, als dieser Rosalies Aufmerksamkeit durch Hüpfen und Fingerschnipsen gewinnen wollte.

Auch andere machten seltsame Handzeichen, erst für Rosalie, dann sehr rasch füreinander. Immer mehr Leute im Becken und an dessen rasch von neuen Handgreiflichkeiten und Tritten einsinkenden Rändern verloren Rosalie und Mandelbaum bereits aus den Augen, wandten sich einander oder unerkennbaren Vorgängen in der Luft, am Kiesboden und in ihrem Innern zu.

Rosalie ließ nicht locker: »Sollten wir uns nicht Gedanken über eine Wählreform … 'tschuldigung: Währungsreform machen? Lassen sich adoptierte Waisen aus Haiti von der Steuer absetzen, oder sind die jetzt auch alle weg? Kann man Reichtum leasen?«

Sie hörte, unterstützt durch immer neue Quatschfragen von Mandelbaum, nicht auf mit dem Geschrei, bis der Zustand der wahnhaften Gemeinschaft im Kies gerade so schlimm wie zum Zeitpunkt ihres Eintreffens war, wenn nicht schlimmer.

Als sie dies erreicht hatte, sagte sie heiser: »Sollten wir jetzt nicht abhauen und den coolen alten Mann wiederfinden?«

»Aber hurtig«, bestätigte Mandelbaum.

19.

Hausbesetzung

Hilde Pinguin saß auf einer Bettkante. Die gehörte zu einem Bett, das in einem der zwei Schlafzimmer der verlassenen Villa stand, in die sie in der Nacht zuvor eingebrochen war, resolut die Proteste von Professor Kilian mißachtend und im vollen Bewußtsein des Verstoßes gegen die Eigentumsordnung.

Es waren besondere Umstände gewesen, die sie dazu verleitet hatten.

Wie hätte man in einer solchen Welt Ruhe bewahren können?

Alles wurde immer dunkler, roch seltsam und schmeckte nach Schulden. Es gab keinen Weg hinaus aus dem Viertel, in dem ihr Schweizer Kunsthändler gelebt hatte, der unsinnigerweise direkt neben ihr explodiert war und sie mit Unnennbarem bekleckert hatte. Nachdem es der Verstörten nicht hatte gelingen wollen, wegen der Angelegenheit mit Clea die Polizei anzurufen, und nachdem kurz darauf der Kunsthändler in der beschriebenen Weise aus der Welt entfernt worden war, irrte sie mit Professor Kilian durch die von Chaos, verängstigten Menschen, Detonationen und transzendentalen Flimmereffekten erfüllten Straßen, zwischen regenfeuchten Laubbäumen und gepflegten Gärten, schmiedeeisernen Toren und sauberen Hausfassaden hindurch. Gleichgültig, wie lange die beiden geradeaus liefen, wie oft sie abbogen: Immer wieder standen sie am Ende vor Büsners Haus. Die lebenden Personen, die unter den schönen Laubbäumen wild gestikulierend aneinandergerieten, wurden mählich merklich weniger. »Wir laufen im Kreis herum«, stellte Hilde Pinguin schließlich fest.

Der Professor nahm die Brille ab – vielleicht sieht er so besser, dachte die Millionärin giftig – und fing an, sie mit seinem Hemdzipfel, der ihm bereits seit Ausbruch der allgemeinen

Unverständlichkeiten zur Hose heraushing, hektisch zu putzen. Dann räusperte er sich kraftlos und gab fehlbare Gedanken preis: »Die, ähm, die … die, unsere … Erfahrung, deren wir hier miteinander innewerden, ist irritierend, da gebe muß ich, da sage meine ich, da soll ich Ihnen ganz recht, das ist, wir können, es verhält sich, darf man meinen, wie wie wie Giorgio Agamben richtig schreibt in seinem, aahh, seinem seinem sehr schönen Buch *Kindheit und Geschichte*, können wir, müssen wir heute bei jeder derartigen, bei aller. Wir. Wir wir wir sollten uns klarmachen, daß jede Rede, wie er dort schreibt, jede Rede über über über die Erfahrung, über das, darüber, daß wir hier, wenn wir, wie Sie sagen, einen Kreis, wenn es einen Kreis beschreibt, was wir gehen, wenn wir einen gegangenen Kreis zu beschreiben uns … einander … daß wir, wenn wir, weil man wegen der Erfahrung als solcher heute von der Beobachtung ausgehen muß, daß sie nichts ist, dessen wir habhaft werden können, könnten … der zeitgenössische Mensch, und das erleben oder aber beschreiben, und, und beschreiben, nicht oder, ohne oder sondern und, mit, sagen sehen wir hier gerade wieder ganz deutlich, der zeitgenössische Mensch ist, kann man sagen, seiner seiner Biographie beraubt worden und, äh, seiner Erfahrung enteignet, und die Hilflosigkeit, die wir hier erleben, sollte uns vielleicht deshalb gerade im, ähm, positiven, im positiven Sinne eine …«

»Können Sie vielleicht mal die Klappe halten? Ich versuche nachzudenken!« schimpfte Hilde Pinguin, die sich immer für eine praktische Person gehalten hatte und jetzt begreifen mußte, daß das gar nichts nützte, wenn sich die Welt weigerte, im geringsten praktisch zu sein.

Nach einer Weile angestrengten, nur von leiser Winselmusik aus dem Mund des Gelehrten unterbrochenen Überlegens kam sie zunächst zu dem Ergebnis, es möchte opportun sein, ins nunmehr herrenlose Haus des Kunsthändlers, vor dem man gerade stand, zurückzukehren und sich dort bis zu einer – ja, was: Beruhigung? Klärung? –, jedenfalls aber doch einer Verbesserung der Verhältnisse gleichsam zu verschanzen.

Wie gefährlich war die Lage überhaupt, abgesehen von explodierenden Kunsthändlern?

Die Frage wurde beantwortet, als sich die Tür zu Büsners Heim öffnete und drei Monstrositäten herauswankten.

»Mobiles« war Hilde Pinguins erster Gedanke, »Legokonstrukte« ihr zweiter, dann gingen ihr die Einfälle aus, und sie sprang, den Lebensuntauglichen am rechten Arm packend und mit sich reißend, kurz entschlossen hinter eine Litfaßsäule. Hoffentlich hatten die Unmöglichkeiten oben sie nicht gesehen.

Konnten sie überhaupt sehen, besaßen sie Augen?

Geschraubt wirkten die Wesen, auf abgeknickten Schwanzfibern regten sie sich, lange Stifte mit diamantenartigen Köpfen schaukelten sacht hin und her, mannshoch und düster schweigend.

Beim Anblick der Geschöpfe fand Hilde Pinguin ihre eigenen zahlreichen leise klirrenden Kettchen und Armreife nicht mehr besonders hübsch und außerdem womöglich gefährlich – hatten die Monstren Ohren, wie fein war ihr Gehör?

Hätte sich Cleas Mutter je zuvor für Biologie interessiert, wäre ihr klar gewesen, daß es sich um zwei übergroße Viren und ein nacktes Transposon mit Unterbau handelte, genauer: zwei Grippe-Erreger und ein Stück Genmüll, die den Gesetzen der Logik und der Physik zufolge selbdritt niemals eine solche Größe hätten erreichen dürfen, ja gerade so unmöglich waren wie die gigantischen Insekten in alten Monsterfilmen, weil eine derartige Vergrößerung sie unweigerlich unter ihrem eigenen Gewicht hätte zusammenbrechen lassen müssen. Was Hilde Pinguin erblickte, war ein weiterer Feldeffekt des großen Drunter- und Drübergangs der Gegend, die Deutschland geheißen hatte. Keine tatsächliche Bedrohung ging von den Geschöpfen aus, das jedoch sah man ihnen nicht an, genausowenig, wie man mit unbewaffnetem Auge die insektengroßen Nilpferde erkannte, die zwischen den Krallenbeinen der Ungetüme herumtrippelten, unhörbar leise brüllten und sich dafür schämten, wie knollig sie wirkten.

»Diese dort diese diese Dinger …«, sagte Professor Kilian aus ungewisser Deckung, »… erinnern an an … strammstehende … stämmig … sture Stabtaschenlampen.«
Hilde Pinguin wollte ihn eben anzischen, als ihr aufging, daß der Vergleich erstens treffend und hübsch und zweitens nicht geflüstert, sondern laut und deutlich ausgesprochen worden war – so laut und so deutlich, daß die Virenwesen ihn eigentlich hätten hören müssen, wäre ihnen dies gegeben gewesen.
»Sie hören uns nicht«, äußerte die Millionärin daher befriedigt, »und sehen tun sie uns vermutlich genausowenig.«
»Wie aber wenn … Trotzdem … kommen wir wahrscheinlich nicht … nicht an ihnen vorbei – ich will es, das will, äh, ich will jedenfalls«, sagte der Professor, »nicht unbedingt ausprobieren, ob ob …«
»Für was sind Sie eigentlich Professor, für Wirrwarr?« raunzte Hilde Pinguin.
»Würden nun, ähm, können … könnten Sie mir, der ich doch, weil wir, wohingegen wiewohl ich aus einer beklemmenden, recht erzwungenen Verlegenheit über … könnten Sie gegebenenfalls glauben, mir mir mir glauben, wenn ich Ihnen mitteilte, daß ich … daß ich es vergessen habe? Wofür ich Professor bin, weshalb und wozu, vorhin, früher, im Beruf meines … Betreff meiner Berufung? Meines Amtes … Und daß ich ferner … daß ich den Eindruck habe, vor ein paar Stunden … wären die … Dinge insgesamt … hätten sie, wären die die Sachen wesentlich, ganz bestimmt erheblich systematischer in meinem, im oberen Kopf angeordnet gewesen? Es ist, als äh ob … wichtige Stücke meines … Wissens über … darüber wo ich genau jetzt was speziell wie wirklich weiß, irgendwie … sich sich gelockert hätten, und dabei sind sie dann rausgefallen und

dann … ich kann Ihnen auch nicht, vielleicht verschütt oder … irgendwohin vielleicht verlorengegangen?«

Diese Beschreibung stimmte aufs Wort: Die integrierenden und ordnenden Teile des Weltmodells, das Hendriks Vater bis zu diesem Tag wie jeder Professor der Philosophie, der etwas auf sich hält, im Idealen und Geheimen gepäppelt und mit sich herumgetragen hatte, waren dank einer besonders anstrengenden Wahrscheinlichkeitsfluktuation aus der Gesamtanlage seiner Hirnbotanik herausgebrochen und im Kopf eines 46jährigen geschiedenen Versicherungskaufmanns im baden-württembergischen Ludwigsburg gelandet, der zum selben Inertialzeitpunkt, da der Professor auf den Raunzer der Millionärin so grundehrlich antwortete, plötzlich spürte, wie sich schwarmweise unwillkommene und nur schwer assimilierbare Überlegungen zur Metaphysik und Soziologie der Kunst sowie den Werken von Benedetto Croce in seinem Hirn reckten und streckten, räkelten und aufbliesen wie liebeskranke Ochsenfrösche. Hilde Pinguin gab Professor Kilian nach seinem Amnesiebekenntnis einfach auf.

Mit dem Philosophen im Schlepptau klapperte sie Häuser ab. Vor keinem davon stand eine Seltsamkeit. Zwei fand sie bewohnt, eines leer.

In dies letztere verschaffte sie sich durch Einschlagen der Küchenscheibe mit Hilfe ihres um Arm und Faust gewickelten Schmucks Zutritt.

»Hier bleiben wir!« entschied sie. Der Wirrweise widersprach nicht.

Man richtete sich ein, wählte Zimmer, verriegelte alle Türen nach draußen, schob einen Schrank vors zerstörte Fenster und ließ die ganze Nacht das elektrische Licht an, über dessen Vorhandensein man sich freute. Die neuen Hausgenossen schliefen unruhig, träumten seltsam und erwachten eher gerädert und verquollen als entspannt.

Als Hilde Pinguin die weiße Katze mit schwarzen Pfoten bemerkte, die leise schnurrend auf der eierschalenfarbenen Kommode saß, näherte sie sich auf Zehenspitzen dem Tier und schmeichelte ihm: »Na, du Schöne? Du Feine?«

Sie war bezaubert und ahnte nicht, daß im selben Moment der Professor unten im Wohnzimmer auf einen intelligenten, sprechenden Käse mit Armen und Beinen stieß, in dessen exakt sechzig Löchern exakt sechzig Dynamitstangen steckten.

An der vorderen Tür des von ihr und Kilian besetzten Hauses machten sich unterdessen zwölf billige Männer, Aktuatoren des Bösen, verbissen zu schaffen. Von den jüngsten taktischen Fehlern ihrer mit der Auffindung und Ingewahrsamnahme Clea Pinguins betrauten Kameraden hatten sie gelernt. Leise war, was sie trieben, und sie konzentrierten sich.

Hilde Pinguin erlebte all dies in dreifaltiger Form:

1. Sie hörte, wie der Professor rief: »Liebe Güte, was ist denn DAS?«
2. Sie sah, wie die Katze erschrocken von der Kommode sprang.
3. Sie spürte, wie der Boden unter ihren Füßen bebte, als der intelligente Käse, der sich aus durchaus guten Gründen bedroht fühlte, drei seiner Dynamitladungen in den Raum schleuderte, nachdem er ihre Lunten mittels nackter Willenskraft entzündet hatte.

Als die Sprengladungen detonierten, zerrissen sie die ersten vier der ins Haus einfallenden billigen Männer und den Gelehrten. Der Käse hatte sich unter einem großen Schrank aus Nußholz in Sicherheit gebracht.

Als der Qualm sich verzog, genug Kalk von der Decke gerieselt war und die überlebenden billigen Männer anfingen, von draußen haltlose Drohungen wie »Wir kommen jetzt rein!« oder »Ihr werdet schon sehen!« zu grölen, kroch Hilde Pinguin, mit unzulänglichen Kostümresten bekleidet, auf allen vieren zum Treppenhaus und gelangte gerade rechtzeitig weit genug, um den Käse laut rufen zu hören: »Wagt es nicht, ungläubige Schweine! Wahrlich, ich sage euch: Ihr habt euren Lohn dahin!«

»Es wird immer abwegiger«, murmelte Hilde Pinguin.

Die goldenen Augen der Katze unterm Bett leuchteten schlau.

20.
Rekrutierung

»Was für eine traurige Truppe.« Der älteste Kommunist Deutschlands schüttelte den Kopf.

»Traurige Truppe«, wiederholte er, weil er an dem Stabreim seine bescheidene Freude hatte. Arbeiter waren das hier keine. Vor ihm saßen trist beisammen eine taube Nuß, ein armer Teufel und ein Ausgestoßener.

Die taube Nuß war neunundzwanzig Jahre alt, sandblond und nett. Sie arbeitete seit sechs Jahren in einer Bahnhofsbuchhandlung, die hauptsächlich von seit gestern schlagartig verschwundenen Menschen aus exotischen Ländern frequentiert wurde. In ihrer Zeit an der Kasse hatte sie nicht mehr gelernt, als daß man hin und wieder »Die Tageszeitungen sind nicht zum Lesen da!« und »Bitte keine Zeitschriften anfassen!« rufen mußte, damit man nicht einschlief, wenn man keinen besseren Job hatte als ihren.

Der arme Teufel war ein zweiunddreißigjähriger ehemaliger Germanistikstudent, litt an leichtem Untergewicht, fuhr seit ein paar Monaten mit einem Rollwagen voll zahnfeindlicher Limonade, muffiger Würste und bröseliger Kekse durch überfüllte ICEs und bat die Leute bei dieser Gelegenheit ununterbrochen darum, ihm etwas abzukaufen.

Der Ausgestoßene war ein einundvierzigjähriger Obdachloser, sah aus wie Ende Fünfzig, ernährte sich von Dreck und Schnaps und war dennoch, verglichen mit den anderen beiden und trotz seinem zerschlissenen, sich beinah schon ganz auflösenden Mantel fast ein Facharbeiter, insofern er nämlich Spuren von Planung und Überlegung in seinen Beruf investierte, was den andern beiden längst nicht mehr möglich war. So hatte er zum Beispiel herausgefunden, daß seine Einnahmen sprunghaft anstiegen, sobald er den Menschen, die er am Bahnsteig, in der Bahnhofshalle und davor mit seinem Elend belästigte, seinen Schwerbeschädigtenausweis zeigte. Tat er das, dann fühlte er sich manchmal fast schon wie ein Polizist. Der Kontrast zwischen der zwar mitleiderregenden, aber immerhin sauberen und ordentlich frisierten Erscheinung auf dem Foto, das seinen amtlich abgesegneten Wrackstatus in der Klarsichthülle beglaubigte, und dem tatsächlichen, verwahrlosten und verkommenen Gesicht, das die potentiellen Spender anredete, war sein Stammkapital.

»Traurige Truppe«, wiederholte der Kommunist ein letztes Mal. Dann straffte er den hinfälligen Leib, räusperte sich in seinen Bart und sprach: »Ich werde euch jetzt sagen, was wir zu tun haben.«

»Ich hab' gar nichts mehr zu tun«, patzte die taube Nuß.

»Ich möchte,« erklärte der Greis, »daß ihr euch überlegt, welche Leute auf der Welt unsereinem am meisten Ärger machen.«

Die taube Nuß war überrascht, daß ihr dazu sofort etwas einfiel: »Na, diese Weiber mit den hochhackigen Schuhen, die immer so schnell durch den Laden trippeln: Hui, jetzt kommen sie, und die dann nach Modemagazinen oder ausländischen Schönheitsheftchen fragen, mit einem Ton am Leib, als wollten sie sagen: Schneller, los, ich muß …«

»Zum Airport«, sagte der arme Teufel, denn er kannte die Sorte. Die taube Nuß war plötzlich viel weniger taub und schon fast keine Nuß mehr. Sie lachte schüchtern und sagte: »Genau, zum Airport, weil: Flughafen würden die nicht sagen, nicht in tausend Jahren. Und dann diese Krawattentypen, die einem sechshundert Zeitungen hinknallen, soll alles ganz fix gehen, wollen mit Karte zahlen, und wehe, die Maschine funktioniert nicht optimal, sie müssen ja …«

»Zum Airport«, schnaubte der arme Teufel und setzte hinzu: »Vergiß nicht die Typen, die vor allem in den Großraumwagen sitzen, auch gerne an den Tischen, damit sie ihre Laptops irgendwo aufstellen können, die telefonieren dann mit dem Handy, aber nicht mit dem normalen, sondern …«

»Sondern sie haben so Kopfdinger«, fiel der Bahnhofsbuchhändlerin ein, und der Würstchenmann bestätigte: »Headsets, richtig. Und mit der Quasselei hören sie natürlich nicht auf, wenn sie was von mir wollen, sondern telefonieren munter weiter und bestellen, während sie so laut brüllen, daß der ganze Wagen hört, wie unersetzlich sie für die deutsche Wirtschaft sind, bei mir einen KLEINEN Kaffee oder ein WINZIGES Sandwich, und manchmal wollen sie mich auch nur durchwinken, weil ich ihnen im Licht stehe oder weil ihr Empfang durch meine Biostrahlen gestört wird. Aber das können sie einem natürlich nicht klar sagen, sondern da geben sie dann Handzeichen, und man hat das alles zu verstehen und noch dankbar zu sein, schließlich erwägen sie ja, vorausgesetzt, die kaiserlichen Gesten sind Bestellungen, in ihrem großen Herzen meistens schon, mir zwanzig oder sogar fünfzig Cent Trinkgeld zu geben, je nachdem, wie groß der Abstand zwischen dem Preis des Unfugs, den sie haben wollen, und dem nächsterreichbaren vollen Schein ist. Münzgeld haben sie grundsätzlich nicht.«

Er hatte sich in Rage geredet; das merkte er, als er fertig war, und seufzte. Drei Augenpaare richteten sich auf den Ausgestoßenen, weil klar war, daß seine Geschichte zum Thema »Wer stört am ärgsten« vermutlich die längste und erschütterndste sein würde.

Der Ausgestoßene schüttelte den Kopf und sagte: »Alle sind genervt, wenn sie mich nur sehen. Die gucken, wie wenn's regnet, oder hagelt, oder ganz kalt wird, wenn ich mich vor sie hinstelle. Manche geben ganz schnell was, andere sagen ›Nein‹ oder ›Hau ab‹, so, daß man merkt, sie sind jetzt stolz auf ihren Mut. Noch andere winken ab – wie bei dir. Als ob sie was bestellen wollen«, sagte er zum armen Teufel.

Der fragte: »Was wollen sie bei dir bestellen?«

»Daß es mich nicht gibt«, vermutete der Ausgestoßene.

»Also gut«, erklärte der älteste Kommunist, »ein paar von euren Feinden könnt ihr immerhin benennen. Ein bißchen Klassenbewußtsein ist besser als gar keins.«

»Sind das denn auch die, die alles irgendwie ... zugemacht haben hier? Daß man nicht mehr raus kann, daß es so ... eng geworden ist?« fragte die Nuß.

»Klingt unlogisch«, sagte der arme Teufel, »die sind doch alle total mobil, international und so. Die wollen doch keine Provinz, die wollen Globalisierung.«

»Das eben scheint der Widerspruch zu sein, der so schwer anzugreifen ist«, sagte der Kommunist. »Sie wollen tatsächlich eine Welt, ein Ganzes, aber das soll dann aus lauter Segmenten bestehen, deren Zugänge und Anschlüsse sie ganz alleine regeln.«

»Hä?«, der Ausgestoßene konnte nicht folgen.

»Na ja«, dem Kommunisten fiel zum Glück ein Beispiel ein, »denkt bloß an etwas so Erz-Internationales wie McDonald's. Das ist in Indien dann eben ein bißchen indischer, in Aserbaidschan ein bißchen aserbaidschanischer als in Kalifornien, aber die Weltkonzernrechnung muß trotzdem aufgehen. Man nennt das ›Teile und herrsche‹: Individualisierte, auf Lokalkolorit frisierte Zellen schließen die Allgemeingültigkeit des Wertgesetzes nicht aus, sondern verhelfen ihr erst zur Geltung. Das nennt sich ›Produktpalette‹ und reicht bis in den Überbau: Warum nicht mal ein Gesundheitsminister, der anders aussieht, ein Außenminister, der anders liebt, und eine Frau im Kanzleramt? Hauptsache, die Vielfalt ist eine gewährte, geduldete. Was sie als Werbegeschenk rausrücken, können sie auch wieder wegnehmen.«

»Klingt aussichtslos für unsereins, obwohl ich's nicht verstehe«, klagte der Ausgestoßene.

»Klingt bloß aussichtslos, WEIL wir's nicht verstehen«, riet der arme Teufel.

»Nichts ist aussichtslos. Ich verrate euch jetzt den Plan.«

»Tun Sie das lieber woanders«, warnte eine Stimme. Alle, die eben noch einander zugehört hatten, drehten sich nach ihr um.

Auf einem Kunstwerk saß ein erschöpfter Mann.

Bernd Vollfenster hatte sich auf die Ellenbogen gestützt, die Unterhaltung der Benachteiligten mit ihrem neuen Anführer verfolgt und etwas bemerkt, das denen entgangen war: Sie standen nah am Eingang einer Bankfiliale, vor zwei in die Mauer eingesenkten Geldautomaten, deren gelbliche Bildschirme im Takt der Rede der Anwesenden aufleuchteten und wieder dunkler wurden, als wären die Geräte Meßwerkzeuge einer Stimmenuntersuchung. Rosalies

Vater nickte in Richtung der Automaten, dann der Kameras darüber, und sagte: »Kommen Sie, wir bringen uns in Sicherheit, bevor hier die Aktuatoren auftauchen.«

»Was für akute Ohren?« fragte der arme Teufel.

»Billige Typen. Mit Schlipsen«, sagte Ohne Titel. Weitere Warnungen waren nicht nötig.

21.
Giftgeld

»Dieselbe Idee wie wir im Parkhaus. Aber in großem Maßstab«, lachte Hendrik. Der Widerhall hörte sich in der verlassenen Bahnhofshalle an, als freute sich ein irrer Satanspriester über frische Jungfrauenherzen. Also verschluckte Hendrik sein Lachen und kratzte sich am Kopf. Eigentlich hatte er Clea, die sich auf einer Bank gerade die Fußballen massierte, damit aufheitern wollen, daß er sie auf die umgestürzten Süßigkeitenautomaten hinwies, die in sauberer Reihe, wie gekippte Dominosteine, entlang der rückwärtigen Wand der Halle lagen. Man hatte sie ausgeweidet; nichts Süßes blieb zurück.

»Aber das Geld, siehst du? Ist noch da. Das haben sie nicht angefaßt!«

Zwar waren auch die Münzreservoire der Maschinen gesprengt worden, aber die schmalen Geldkassetten hatte niemand geraubt; sie lagen ausgekippt neben den metallenen Schränken. »Kein Wunder. Guck' dir's bloß mal an – ist ja kein Geld mehr, sondern Wackelpudding«, sagte Clea, mutlos und erschöpft. Hendrik kam zu ihr, ging in die Hocke und stupste mit dem Finger gegen den glänzenden Münzwabbel zu ihren Füßen.

»Stimmt. Verrückt … Weißt du, wo ich so was schon mal gesehen hab'?«

»Nö«, sagte Clea. Man hörte, wie gleichgültig ihr das war.

»Gestern. An so einem Kiosk, wo ich immer … ob das was mit der ganzen Katastrophe«, er machte eine Armbewegung, die den verengten Weltzustand umfassen sollte, »zu tun hat? Ich mein', weil das vielleicht ein … ein Symptom ist?«

»Mama sagt immer: Irgendwann geht das ganze Geld zum Teufel. Hat sie schon gesagt, als der Euro kam. Deswegen will sie immer alles anlegen. Kunst kaufen. Na ja.«

»Das ganze Geld zum Teufel …«, wiederholte Hendrik zweifelnd und stocherte mit dem Zeigefinger im Monetengelee herum. Es war noch erheblich weicher als die gallertisierten Münzen gestern am Kiosk.

»Und wenn's wirklich so ist? Wenn alles andere dann auch zum Teufel geht?« fragte er mehr sich als Clea.

»Hä?«

»Sag' mal, Clea, fühlst du dich irgendwie … anders oder … lasch oder …?«

Sie lachte ihn heiser aus: »Wir lösen uns jetzt auch auf, ja?« Sie fand das albern, schlüpfte wieder in ihre Sneaker, kniete neben ihm nieder und griff in den Glibberhaufen, um zu beweisen, daß sie ihm in Frechheitsfragen mindestens ebenbürtig war.

»Wie fühlt sich's an?« fragte er und hielt seine eigene Hand hoch, ins bleiche Neonlicht, sie mißtrauisch betrachtend. »Wie Froschlaich, oder mehr wie Wackelpudding? Ist es warm oder kalt?«

Clea grinste: »Wen interessiert, wie es sich anfühlt? Entscheidend ist doch, wie es schmeckt!« Dann steckte sie etwas Zeug – ein Fingerspitzchen nur, zwei Münzen waren das mal gewesen – in den Mund: »Mmmh! Fein!«

»Sag' mal, spinnst du?«

»Wieso?«

»Hast du das jetzt echt runtergeschluckt?«

»He«, protestierte Clea mit erhobenen Händen und zu ihm gedrehten Handflächen, »reg' dich ab. Ist ja wohl nicht giftig. Weiß man doch, daß echte Münzen, wenn man sie schluckt, von der Verdauung …«

»Nein! Nicht! Hört sofort auf damit! Geht da weg!« rief eine Stimme von der stillgelegten Rolltreppe her, die sowohl Clea wie Hendrik sofort erkannten.

»Mensch, Röschen …«, sagte er, und Clea rief gleichzeitig: »… Gott, nicht auch noch diese blöde Kuh …«

Es war tatsächlich Rosalie.

Typisch, dachte Clea, als sie den Stoffhasen auf der Schulter der herbeieilenden Rivalin sah: Auch wenn die Welt zerfällt, besteht das Weib auf Niedlichkeit. Fragt sich bloß, wie sie das Ding da festgemacht hat. Wenn Hendrik jetzt nicht sieht, wie blöd die ist, so, wie sie da rumschreit und fuchtelt, samt Stoffhase auf der Schulter, dann soll sie ihn meinetwegen haben, dann kann ich ihm auch nicht helfen.

Als Mandelbaum anfing zu reden, fielen Clea fast die Ohren ab.

»Habe ich das richtig gesehen? Sie haben es in den Mund gesteckt? Und geschluckt?«

Einen Augenblick lang erwog Clea die Möglichkeit, das sprechende Tier könnte ein Bauchrednertrick sein. Als Rosalie aber gleichzeitig mit dem nächsten, an Hendrik gerichteten Satz des Hasen – »Sie haben was an den Fingern? Das sollten Sie abwaschen, am besten mit Alkohol!« – zu ihr sagte: »Clea, was machst du denn?«, wußte sie: Nein, so gut ist die nicht.

Clea setzte ihr beleidigtestes Schmollgesicht auf: Von deinem Kuschelkram laß ich mir schon mal überhaupt nichts sagen.

»Alkohol?« Hendrik betrachtete seine verseuchten Hände. »Woher soll ich denn jetzt Alkohol …«

»Oben am Bahnsteig gibt's einen Lebensmittelladen«, sagte Rosalie. »Da stehen Wodkaflaschen rum, nehm' ich an.«

Mandelbaum schüttelte den Kopf: »Industrieller Alkohol wäre besser.«

»Wodka, wenn er da ist, muß reichen«, sagte Rosalie.

»Ja, muß er wohl«, gab Mandelbaum zu.

»Genügen? Wovon redet ihr? Was … oder wer … ist dieses … dieser Hase? Was geht hier vor?« platzte Clea heraus. »Andererseits«, sagte Rosalie und sah an Hendrik vorbei auf die Treppe, die sie eben mit Mandelbaum heruntergekommen war, »warnt da ein Schild, daß der Verzehr von Alkohol laut ordnungspolizeilichen Auflagen …«

»Spielt ja wohl keine Rolle mehr«, sagte Hendrik, der sich sofort wieder in Rosalies Humor zurechtfand und davon gleich ein wenig getröstet war.

Clea flatterte mit den Armen: »Hallo? Hey? Ich? Wie desinfizieren wir mich? Soll ich mit dem Fusel gurgeln oder 'ne ganze Flasche austrinken? Was ist denn das für eine Sauerei überhaupt mit dem Geld da?«

»Zeig' es ihnen«, sagte Mandelbaum.

Rosalie holte aus der rechten Potasche ihrer Jeans eine rosa Geldbörse, klappte sie auf und hielt sie Clea und Hendrik entgegen, als wäre sie ein toter Frosch. »Ah, Kacke«, sagte Hendrik und pfiff leise durch die Zähne. Die Scheine im Mäppchen waren buchstäblich verschimmelt.

»Es riecht nicht. Mandelbaum meint, ich soll es aufbewahren«, sagte Rosalie und klappte das Beweisstück wieder zu.

»Was denn jetzt auch noch für ein Baum?« schrillte Clea, der es ungeheuer auf den Wecker ging, daß keine ihrer Fragen beachtet wurde.

»Aber giftig isses?« fragte Hendrik.

Mandelbaum senkte den Kopf: »Angenehm, Mandelbaum, Bezwinger des Durcheinanders.«

»Na klasse, jetzt weiß ich mehr«, motzte Clea.

Rosalie seufzte: »Was heißt giftig … das Zeug ist übergiftig. Weltübergiftig. Geradezu giftiglich.«

»Dafür ist dein Hasenkumpel voll niedliglich«, ätzte Clea. Erneut ging niemand darauf ein.

Hendrik hielt seine Hand vom Körper weg, als gehöre sie ihm nicht mehr, und sagte: »Okay, worauf warten wir? Wodkawärts.«

Rosalie fing tatsächlich an zu laufen und verriet Clea, die sofort zu ihr aufschloß: »Mandi kann dir und Hendrik ja dann alles erklären, was du gefragt hast.«

»Wie, was ich gefragt hab'?«

»Ja, na ja, was hier los ist und so.«

Hendrik machte Geräusche, die sagen sollten, daß er das nicht verpassen wollte.

Mandelbaums Köpfchen wippte im Lauftakt auf und ab. Er sammelte sich und erklärte, so nüchtern das ging: »Wo soll ich anfangen? Wir sind, wenn man so sagen darf, die Guten. Unser Gegenspieler hier ist, was ihr einen Dämon nennen würdet.

Das heißt, es handelt sich um die derzeit höchste Macht in einem endlichen, abgeschlossenen Taschenuniversum, das von dieser Macht selbst geschaffen wurde, und zwar durch Abknipsen eines Teils des vorher existierenden, weiteren, unendlichen, aber ebenfalls abgeschlossenen Universums. Den Schöpfungsakt haben diesem … Dämon ein paar selbst für die Verhältnisse dieser Gattung ganz besonders verantwortungslose Menschen ermöglicht.«

»Entschuldigung, wie bitte?« Clea glitt auf der Treppe aus, nicht allzu schlimm, aber sie geriet genug ins Schlingern, daß sie von Rosalie abgefangen und gestützt werden mußte. Daß sie das zuließ, verriet Hendrik genug darüber, wie flau ihr war. In den Fingerspitzen seiner beschmutzten Hand kribbelte es.

»Der Herrscher dieser neuen Welt ist wütend. Man hat seine Tochter gestohlen. Und man hat sein Gedächtnis verloren«, fuhr Mandelbaum fort.

»Du meinst, er hat sein Gedächtnis verloren?« hakte Hendrik nach, dem an dem Satz etwas krumm vorkam.

»Nein«, wiederholte Mandelbaum, »nicht er selbst – *man* hat sein Gedächtnis verloren. Es irrt in den Träumen der Leute herum. An die kommt niemand ran. Sie werden nicht geträumt, man hat die Insassen des Taschenuniversums von ihnen abgeschnitten.«

»Träume«, sagte Clea weich und wollig, als spräche sie aus dem Schlaf. »Wieso Träume?«

»Beim Träumen wird die Raumzeitorientierung jeweils auf den neuesten Stand gebracht. Dazu sind sie da«, stellte Mandelbaum fest.

»Hä?«

»Träume bestimmen die Koordinaten fürs Wachsein, ziehen die geodätischen Linien. Der Unsinn, an den ihr euch erinnert, manchmal, wenn ihr aufwacht, ist nur Staffage. Dekoration. Das Produktive am Traum geht ins Gewebe um euch ein. Es macht die Welt für den Wachzustand überhaupt erst bereit.«

»Ich verstehe kein Wort«, gab Hendrik ungefragt zu.

»Meine Berechnungen … Rosalie, du hast meine Berechnungen noch?« wollte der Hase wissen.

Rosalie haute sich kurz mit der flachen Hand auf ihren Hintern. In der Tasche dort steckte, wie Hendrik sah, ein Bündel zusammengefalteter Papiere, die über und über mit Zahlen und Symbolen bekritzelt zu sein schienen.

Mandelbaum hatte diese Notate nachts im Bettenladen angefertigt.

»Und jetzt will dieser Dämon also sein Gedächtnis zurück?« stöhnte Clea. Am Ende der Treppe, auf der Erdgeschoßebene des Bahnhofs angelangt, hatte sie sichtlich schwere Mühe damit, aufrecht zu gehen. Ihre Knie fühlten sich an wie mit Wasser vollgesogener Schwammwabbel.

Hendrik und Rosalie halfen ihr.

Mandelbaum sagte: »Nein, denn das Dumme an diesem Gedächtnisverlust ist, daß er die Erinnerung ans vormalige Vorhandensein des Gedächtnisses selbst mit umfaßt. Daß ihm die Tochter fehlt, das spürt der Dämon allerdings. Deshalb läßt er seine Armee …«

»Meint ihr diesen Laden?« fragte Hendrik und zeigte auf einen verwüsteten Mini-Supermarkt mit eingeschlagenen Scheiben. Das Verbotsschild, von dem Rosalie gesprochen hatte, hing an einem Streifen braunen Tesafilms von der rückwärtigen Wand. Die Regale lagen in Stücken, Waren krümmten sich unter Schmerzen auf dem Boden.

»Richtig«, sagte Rosalie.

Clea flüsterte: »Hoffentlich hilft's«, als Hendrik sich bückte und eine heilgebliebene Flasche Kirschwasser aufhob.

22.
Der fanatische Käse

Es krachte unten noch drei, vier Mal. Die Aktuatoren wagten weitere Vorstöße, der Käse wehrte sich seiner Haut. Am Ende zogen sich die Angreifer zurück. Hilde Pinguin lag flach auf dem Bauch, Haare hingen ihr im Gesicht, die Augen waren trüb. Die Katze schien ins Nichts geflohen. Ganz flach atmete die Millionärin.

Der Käse rief mit reibeisenrauher Stimme: »Ist jemand oben? Iblis soll mich fressen, wenn da oben niemand ist!«

Hilde Pinguin hielt bang den Atem an.

»Man antworte mir!« schrie der Käse.

Die Verängstigte zitterte, so leise sie konnte.

»Oh, ich werde böse! Ich komme hoch!«

Stufe um Stufe hopste er empor.

»Gleich bin ich oben!« Hops.

Hilde Pinguin versuchte, sich den Garstel vorzustellen, der da kreischte.

Ihr fiel nur »Pumuckl« ein. Hops.

»Es wird jetzt ernst, schmeck's! Für dich, für euch! Ich unterstehe dem Gesetz, ich bin für Scharia, für Sufis und Mullahs und alles, was ich aus diesem Bereich sonst so kenne!«

In Wirklichkeit hatte der Käse keine Ahnung, wovon er redete.

Seine schwere Meise hatte er sich im Kühlschrank eines engagierten Offenbacher Israelhassers aus kernkatholischem Elternhaus eingefangen. Zum Zeitpunkt der Plombierung Deutschlands waren acht Spezialisten des hessischen Landeskriminalamts mit ihrer monatelangen Überwachung des Käsebesitzers eben an den Punkt gelangt, an dem man ihnen höheren Orts den Zugriff auf diesen gestatten wollte. Bei der Schürzung des Knotens im Raumzeitgefüge war das Hirn des Gotteskriegers jedoch in den Käse diffundiert, und der sah sich nun mit einem Scheingedächtnis gestraft, das ihn nicht als Mahlzeit, sondern treuen Kampfgefährten seines verschwundenen Eigentümers erinnerte. Hops!

Hilde Pinguin ergab sich in ihr Schicksal. Sie schlug die Augen auf. Als sie sah, was vor ihr stand, mußte sie trotzdem kichern. »Wie denn? Ein Käse mit Beinen!«

»Man lache nicht«, sagte der Käse streng.

»Verzeihung.«

»Ich bin ein Kamikäse. Ich werbe nun Gefolgschaft an, tapfere Märtyrerinnen und Märtyrer, welche gleich mir …«

»Ein was?«

»Ein Kamikäse. Das Wort ist abgeleitet von Kamikaze und soll …«

»Das ist japanisch.«

»Ja.«

»Ich dachte, du … Sie … wären für Mullahs, Araber und Muslimisches?«

»Papperlapimpel!« schnaubte der Kamikäse. »Japanisch, muslimisch … alles eins, solange der Eid bindet: Ich verachte den Westen und seine arrogante Vernumpf.«

»Seine … Ver…?«

»Seine Vernumpf. Die westliche, ungläubige Vernumpf, die nur zu Zügellosigkeit und Verzweiflung führt.«

»Ach so. Vernunft!« ging Hilde Pinguin ein Licht auf.

»Pocken und Pest«, quäkte der Kamikäse, »verfluchte westliche Vernumpf!«

Die Dynamitstangen in den Käselöchern leuchteten feuerrot. Es gab keinen Anlaß, sich zu entspannen.

Die Millionärin fragte: »Wirst du mich jetzt sprengen?«

»Warum sollte ich?« erwiderte der Käse voll Verachtung. »Reiche Heidin, gemästete Sau, die durch Raffen und Unzucht teil am Übel hat! Und doch gehörst du nicht selbst zum Heer des Großen Satans.«

»Vielen Dank«, sagte Cleas Mutter; es schien das Richtige.

»Nein! Sprengen, das reicht nicht. Das taugt nicht. Du erhältst Gelegenheit, zu bereuen! Du darfst dich bewähren! Du wirst mir folgen! Wir werden an den Hof des Großen Satans gehen, der geglaubt hat, er könne sein Reich vor der Strafe verrammeln, sich vor dem Auge des Allbarmherzigen, des Allmächtigen verstecken! Wir werden vor den Thron des Großen Satans treten und ihn herunterzerren und Strafgericht halten!«

»Ja, gut. Okay.«

»Denn die Vernumpf kommt von der Aufklärung, aber die Aufklärung kommt von den Juden, und die sind der Zionismus, und der ist verflucht und zugenäht!« erregte sich der Käse, während hinter ihm, am unteren Treppenabsatz, etwas verschwommen leuchtend lockte, das Hilde Pinguins Blick ablenkte.

»Fein. Zionismus …«, wiederholte sie geistesabwesend. Der Kamikäse stampfte mit dem rechten Fuß auf und schrie: »Vom Glauben zur Revolution! Dschihad! Martyrium!«

»Mhmhm«, summte Frau Pinguin. Das Lockleuchten unten war wirklich sehr schön.

»Was glotzt du?« brüllte der Käse.

»Ich … weiß nicht … da ist …«

»Da ist gar nichts!« drohte der Käse, spuckte auf den Boden und zeterte: »Ich zitiere, merke auf, Fouad Allam, einen hervorragenden algerischen Wissenschaftler, der die Krise eurer verhurten Vernumpf vollständig verstanden hat und weiß, was der Islam vollbringen kann und muß, und daß man das nicht so einseitig sehen kann mit dem Selbstmordattentat: ›In der gegenwärtigen Welt‹, zitiere ich, ›ist der freiwillige Selbstmord des Kamikaze im Kontext eines politischen Konflikts auch das Resultat einer globalen kulturellen Wandlung, die sich aus der Vermischung unterschiedlicher historischer und kultureller Erfahrungen und aus der Dekontextualisierung von jahrtausendealten Praktiken und Gewohnheiten ergibt. Das Phänomen muß im Rahmen der wachsenden Heterogenität der Kulturen, der Pluralität der Bedeutungen, aber auch der Schwächung der kulturellen Bezüge, ihrer Verdunkelung oder Auslöschung aus dem kollektiven Gedächtnis interpretiert werden. Parallel zum Schwinden der Sicherheiten vervielfachen sich Formen und Haltungen, die darauf abzielen, die gähnende Leere zu füllen: Es ist dies eine weitere Lesart des Multikulturalismus.‹ Merk's! Schmeck's! Glaub's!«

»Du redest«, sagte Hilde Pinguin verträumt, ohne den Kamikäse anzusehen – dieses Licht dort erinnerte sie an die Martinslaternen ihrer Kindheit, an bunte Kirchenfenster – »fast wie der … arme Professor … Kilian … komischer … Terroristenkäse bist du …«
Sie schloß den Mund nicht wieder, als sie mit dem Sprechen fertig war.
Ihr gewöhnliches Körperempfinden wich einer molluskenhaft gefühligen Wärme, einem nahezu friedlichen Versunkensein in nichts Gescheites noch Bestimmtes.
Sie hätte ewig dort hinschauen können.
»Welcher Professor?« fragte der Käse laut und ungnädig.
Hilde Pinguin antwortete verschleppt: »Der arme … arme … der Kerl von … den ich … gestern abend … unten … einquartiert habe …«

»Ach, dieser brunzdumme Eierkopf!« winkte der Käse mit einem dünnen Ärmchen ab, »räudiger, nissenbesetzter Ungläubiger!«

»Na nun, aber …«, blubberte Hilde Pinguin, die sich nicht sicher war. »Vielleicht sollte man doch mit mehr Respekt … immerhin … ist … er doch … explodiert. Und tot. Deswegen.«

»Stuß!« schimpfte der Käse, »explodiert, klar. Tot, woher denn.«

Diese merkwürdige Feststellung reichte zwar nicht, Hilde Pinguin aufzuwecken, lenkte sie aber doch kurz vom spektralen Regenbogenspiel ab: »Wie kann er explodieren und nicht tot sein?«

»Simpel«, sagte der Kamikäse, »wo wir sind, passiert nichts mehr. Der Ort ist abgeschlossen, und die Zeit ist es auch.« Er wollte ausdrücken, was ihm in Fleisch und Milch übergegangen war, als ihn die Umstülpung des Landes zu dem gemacht hatte, was er nun war: Kausalität hatte im neuesten Deutschland keinen Ort mehr. Was er da wußte, verstand er nicht, aber damit hatte er, wie mit Unsinn überhaupt, kein Problem. Der Käse knurrte: »Wenn's knallt, hat's hier keine Folgen. Versteht das deine Vernumpf nicht?«

»Leuchtet so schön …«, sagte Hilde Pinguin, die kein Wort begriffen hatte.

»Eben!« spuckte der Käse. »Das, was da leuchtet, ist dein komischer Professor, der sich wieder zusammensetzt.« Er hatte recht: Was schillerte, war eine geschlossene Ereigniskurve, nichts weiter. Pompös blies er sich auf und röhrte: »So folge mir also!«

»Wieso?«

»Wir sollten uns von diesem Ort der Hunde, die ihr eigenes Erbrochenes verzehren, fortverfügt haben, bevor nicht nur dein Professor, sondern auch die Diener des Großen Satans wieder sie selbst sind.«

Hilde Pinguin stand auf, weil ihr nicht einfiel, was sie sonst hätte tun sollen. Der Käse schien zu wissen, was er wollte, und da sie selbst von sich nichts ähnliches sagen konnte, lag auf der Hand, wer hier das Sagen hatte.

Im großen Zimmer unten schmierten und sprühten gegeneinander phasenverschobene Fragmente kaputter Leute herum, bündelten Licht in allen möglichen und unmöglichen Frequenzen, zerstreuten es wieder, schmiegten sich aneinander, sangen leise.

Der Käse linste in den Garten: »Sind noch da. Hocken, lauern. Geschwind, elendes Weib, ich weiß einen Weg durch den Keller!«

23.

Monogenis

Am zweiten Morgen nach der Selbstdurchdringung des verwünschten Landes erschien, als Werner Holbach aufstand, sich wusch und dann ankleidete, um wie jeden Morgen in die Redaktion zu fahren, die auf unabsehbare Ewigkeiten hinaus jeden Tag dieselbe Ausgabe produzieren würde, vor seinem Kleiderschrank der Geist Joseph Schumpeters. Holbach nickte ihm gelassen zu. Fluktuationen wie die, welche Schumpeter in seine Wohnung hatte gelangen lassen, waren im neuen Gleichgewichtszustand unvermeidlich.

Das Gespenst erklärte sich: »Ich habe eine Weile gebraucht, um herauszubekommen, was hier geschieht. Es war nicht leicht, in Erfahrung zu bringen, worum es sich bei diesem Monogenis-Projekt eigentlich handelt.«

»Monogenis«, sagte Holbach gedehnt, »griechisch, 'ne? Hat der Chef der Geisteswissenschaften mir erklärt. Ich hab's nicht studiert, hab' kein Graecum – es bedeutet: der – oder das – Einziggezeugte. Das Deutschland, in dem wir jetzt wohnen, hat sich selbst aus sich selbst hervorgebracht und abgedichtet gegen … na, alles andere.«

»Ich selbst habe, hrrmpf«, der Geist räusperte sich, »das erste Mal von diesem … Projekt erfahren, als es bereits so weit fortgeschritten war, daß sich nichts mehr dagegen hätte ausrichten lassen. Ich hielt mich beim Bundeskanzler auf, dem ich geschenkt worden war, und hörte ihn mit seinem Finanzminister darüber sprechen. Dann ging alles sehr rasch.«

»Ja«, Holbach nickte, »das war unter anderem der Witz, daß alles, wenn es erst mal angefangen hat, auch wirklich ganz schnell gehen soll. Monatelange Vorbereitungen: Die Meinungsmacher mußte man konditionieren, neue Assoziationsketten in ihre Träume pflanzen, suggestive Satzketten in den Medien verankern … vielen Zeitungen … Websites …«

Schumpeters Gespenst grollte: »Das ist doch alles geradezu unsittlich. Sie reden, als ginge es um eine Bakterienkolonie im Labor. Ich sah, wie der Kanzler von Vampirkatzen zerfleischt wurde und sich wieder zusammengesetzt hat, als wäre er ein Puzzlespiel. Jetzt zieht er um die Häuser, wirft Süßigkeitenautomaten um und plündert sie. Er sagt, denken Sie nur, er könne jetzt essen, was er will, die Fett- und Blutzuckerwerte seien gleichgültig. Genuß ohne Reue, so schreit er!«

Holbach sagte: »Soweit ich den ganzen Kleister verstehe, hat er damit recht. Es ist kompliziert. Ich habe ein Sonderstück rausgeschmissen, in dem es erklärt wurde. Die Sache hat mit aufgerollten zusätzlichen Raum- und Zeitdimensionen zu tun. Wenn man Karten besitzt – und die meisten Mitwirkenden an diesem Zauber haben solche Karten, von Pütterwitz ließ genügend anfertigen –, dann kann man sich so durchs Land bewegen, daß einem keinerlei Realien jemals mehr irgend etwas anhaben können. Stirbt man auf den richtigen geodätischen Linien, Meridianen, Falten, so ist es nie passiert.«

»Linien, Meridiane, Falten«, wiederholte das Gespenst sinnend.

»Kompakte Untermannigfaltigkeiten. Keine Ahnung. Wie es genau funktioniert, sollten Sie sich von Mandelbaum erläutern lassen, wenn Sie seiner denn habhaft werden können – viel Glück.«

»Ah«, sagte Schumpeters Schatten, »ich weiß, von wem Sie sprechen. Es gibt Aufzeichnungen im Kanzleramt, Aktenvermerke, Auskunft. Der Hase.«

»Der Hase, ganz recht. Sie wissen sicher auch, woher er kommt, wer er … und was er ist.« Schumpeter schüttelte den Kopf: »Spuren kenne ich, Andeutungen und Umrisse. Wissen Sie mehr?«

»Ein Kürzel.«

»Bitte?«

»Der Hase, das fing, wie man mir erzählt hat, als ein Wortspiel an, auf der Grundlage der Wendung: Mein Name ist Hase, ich weiß von nichts. Eine Latenz in der Mitte der Traumtopologie: Die Stelle, wo das große Ganze nichts von sich selbst ahnen darf, wo der Zusammenhang undurchsichtig gehalten wird. ›Verblendungszusammenhang‹ hat man's früher genannt. Der Nabel, den so ein Zusammenhang braucht, ist das transzendentale Subjekt, das von sich sagt, ich bin mir selbst opak. Also ein sehr wichtiger Faktor in der großen Gleichung, von der die Angelegenheit beschrieben wird. Und als man nun Deutschland durch diese Leerstelle hindurchgezogen hat, beim Umstülpen, hat sie sich von innen nach außen gekrempelt und wurde also, weil sie zuvor abstrakt war, zu etwas Konkretem, eben dem wirklichen Hasen, und weil sie zuvor nichts wußte, ist sie jetzt sozusagen allwissend.«

»Was wird er tun? Was will er?«

»Nach Hause, nehme ich an. Den deutschen Krempel wieder zurückkrempeln. Die versteinerten Verhältnisse dazu zwingen, ihren Tanz wiederaufzunehmen. Ich schätze, Alleswissen macht Kopfweh.«

»Aber wenn ihm das gelingt, dieses Rückgängigmachen, dann hört er auf zu existieren, das ist doch … das kann man doch nicht wollen.«

»Wieso? Vielleicht hat ihm seine alte Unwirklichkeit besser gefallen.«

Schumpeter prustete empört: »Also bitte! Unwirklichkeit als Lebensweise! So einen Käse habe ich ja noch nie gehört!«

»Eben«, stimmte Holbach zu und machte sich daran, seine Wohnung zu verlassen, »Hase und Käse. Allwissenheit und geruchsintensiver Unfug, Theorie und Praxis. Das sind die beiden Pole, zwischen denen wir vom privaten Träumen bis zum öffentlichen Meinen das fadenfeine Netz aufgespannt haben, das für uns die ganze Welt ist.

Deshalb läuft da draußen nicht nur ein Hase herum, der alles weiß, sondern auch ein Käse, der handelt, als umgekrempelte Abart allen gewöhnlichen Käses, welcher bloß auf irgendeinem Teller vor sich hin käst.«

»Ich verstehe kein Wort.«

»Ihr Glück. Zeit ist Geld«, sagte der Angestellte der Erhabenen Zeitung und spazierte direkt durchs Schumpeterphantom zur Wohnungstür hinaus.

24.

Unterwegs nach Rache

Hilde Pinguins Weg an der Seite des islamomanen Dynamitkäses war nur anfangs eine Flucht. Bald wurde es ein Marsch, der mehr Kraft spendete, als er kostete. Die Millionärin kannte das Ziel nicht, aber die Art, wie der Käse ihr vortrompetete, daß er »Gericht halten« werde und »den Großen Satan in alle Winde zerstreuen«, inspirierte sie wie nichts, das ihr der dahingegangene

Herr Büsner je verkauft hatte. Er ist ein Käse, dachte sie, und hat nicht alle Tassen im Schrank, aber wie schneidig er mir vorangeht!

Ab und zu flog ein Sprengkörper aus einer der Körperöffnungen des Wesens, ging in irgendeiner Hecke hoch und unterstrich die Verbissenheit dessen, der ihn von sich geworfen hatte. Keine billigen Gestalten ließen sich blicken. Der Weg führte tatsächlich aus der Unentrinnbarkeit (der Sackgasse? der Möbiusschleife? Die Millionärin konnte sich nicht entscheiden. Vielleicht: Sackschleife?) und auf neue Nebenpfade. Obwohl der Käse auf Nachfrage nicht zu wissen behauptete, wie die Wege zusammenhingen, war sein stures Stapfen just die Technik, die Hilde und Professor Kilian gestern gefehlt hatte.

»Wollen wir einen Augenblick rasten? Darf ich etwas essen?« fragte Hilde schließlich. Man war vor einem Sexshop angekommen, den die Gezeiten der Unbegreiflichkeit von Düsseldorf her in den hiesigen Straßenplan hereingefaltet hatten.

»Schweig', Unwürdige!« befahl zornig der Kamikäse. Erneut stieß er eine Stange Knallkraft aus, direkt ins Fenster des Ladens. Dann hob er beide Spindelärmchen in die Höhe und schrie: »Jenen, die wünschen, daß Unzucht unter den Gläubigen sich verbreite, wird hier und im Jenseits schmerzliche Strafe!«

Hilde Pinguin ging hinter einem Müllcontainer in Deckung. Sie wußte, was jetzt kam: Der Käse warf sich zu Boden, als wolle er beten, dann krachte es.

Plastik, Glas, Fetzen von Dessous prasselten auf den Asphalt.

Zu Beginn der Reise hatte sich Hilde Pinguin noch Hoffnungen gemacht, der Explosivstoffvorrat des Käses werde irgendwann zur Neige gehen. Inzwischen war ihr klar geworden, daß es in Munitionsfragen hier sowenig mit rechten Dingen zuging wie bei den meisten Neuigkeiten, die ihr seid gestern nachmittag begegnet waren.

»Steh' auf!« gebot das Geschöpf der Kauernden. »Wir sind dem Bahnhof nicht mehr fern. Die Zwingburg des Großen Satans erreichen wir von dort mit Leichtigkeit!«

Hilde stand auf, schüttelte sich Splitter aus den Haaren und überlegte: Anfangs, wenn der Käse seine Höllen- und Strafpredigten zum Thema »Großer Satan« hielt, war sie davon ausgegangen, es handle sich um ein Hirngespinst oder eine politische Metapher nach Art gewöhnlicher Fanatiker, die damit, soweit sie wußte, die Vereinigten Staaten von Amerika meinten.

Inzwischen zog sie – ungern, aber ernsthaft – in Betracht, daß bei all der Abartigkeit und Bizarrerie ringsum vielleicht auch ein Großer Satan leibhaftig irgendwo in der Nähe saß und vor Verworfenheit dampfte.

Von solcherlei Sorgen gezwickt, überwand sie, dem Käse folgend, einen mitten auf der Straße zwischen Hotels und Bankgebäuden eingekeilten grünen Hügel samt einer darauf stehenden Mauer des Hechinger Hohenzollernschlosses und stand danach vor dem Frankfurter Hauptbahnhof.

Der heilige Krieger führte die Millionärin die stillstehende Rolltreppe hinunter auf die erste Kellerebene.

»Oh, ausgezeichnet, hier gibt es doch sicher Lebensmittel, die ich …« Er wies sie mit einem

Zischen zurecht, hob das rechte Händchen und sagte herrisch: »Schweig'! Fressen kannst du später, Sau des Teufels! Da vorn – Feindkontakt. Folge mir. Wir verstecken uns. Dort entlang, rechts!«

Feinde gleich welcher Art konnte sie nicht erkennen, fügte sich aber – mit dem Gedanken, daß der Käse entweder ein feineres Sensorium besaß als sie selbst oder aber Dinge sah, die gar nicht da waren. In beiden Fällen empfahl es sich nicht, ihm zu widersprechen.

Das Versteck, in das er sie scheuchte, war eine Automatenspielhalle mit weitgehend zerstörter Neon-Deckenbeleuchtung. Der Käse wies die Millionärin an, sich unter einem Flipperautomaten zusammenzufalten. Sie gehorchte. Dann hopste er, agil und kräftig, selbst auf die Glasplatte des Geräts und spähte in die Richtung, in der er seine Gegenspieler ausgemacht hatte.

Hilde Pinguin versuchte, ihren Hals so hinzudrehen, daß sie durch die gezackte Scherbenöffnung im Fenster des Spielcenters einen Blick nach draußen werfen konnte. Es ging nicht. Deshalb legte sie sich rücklings auf den Boden und schaute zu dem Käse hoch, um an dessen Gestik und rudimentärer Mimik – sie erkannte jetzt, nach mehreren gemeinsam verbrachten Stunden, nicht nur Augen und Mund, sondern auch eine Art Gesichtsausdruck – abzulesen, was er beobachtete.

Wie Irre pflegen, interessierte sich der Kamikäse weit mehr für die Vorgänge in seinem eigenen defekten Verstand als für die in der Welt, weshalb er seinen Hang zum Selbstgespräch auch in Gesellschaft nicht bezähmen konnte: »Sieh' an, so versucht er's. Ja, das ist recht – er hat eben nicht meine Mittel.«

»Wer? Was?« bat Hilde Pinguin um Orientierung.

»Mandelbaum, der verfluchte Zionist«, grunzte der Kamikäse.

Hilde Pinguin verstand kein Wort.

Der Kamikäse sah einer Gruppe von drei Menschen und einem Stoffhasen dabei zu, wie sie in der Bahnhofsapotheke herumstolperten. Zwei der Menschen waren Mädchen; eines von diesen war so schwach, daß es von den andern beiden beim Gehen gestützt werden mußte, beinah getragen.

Immer wieder sackte Cleas Kopf nach vorn. Ihre Wangen waren schweißnaß, die Lider flatterten fiebrig.

»Er dürfte zuerst jeden anderen Weg versuchen«, knurrte der Käse grimm und selbstgefällig, »aber am Ende wird er ihnen doch einen Schlafcocktail brauen müssen.«

»Aha«, seufzte die Millionärin unterm Flipper, weil sie hatte lernen müssen, daß es dem Käse gefiel, wenn sie Verständnis heuchelte. Dem Käse gefallen: Das wollte sie im Augenblick dringend, denn ihr Magen hatte soeben angefangen zu knurren. Bei jemandem, der so streng Diät hielt wie Hilde Pinguin, war das ein höchst beunruhigendes Zeichen. »Siehe, Hündin«, schnarrte der Käse, »wir wollen dasselbe, Mandelbaum und ich: zum Großen Satan vorstoßen und ihn zur Rechenschaft ziehen.«

»Oh. Aha.«

»Mandelbaum hat Karten. Ich brauche keine Karten. Ich bin die Tat. Er ist die Anschauung, fast schon die Aufklärung, am Ende die Vernumpf«, der Käse spuckte aus. »Seine Karten, ha, sie sind defekt. Für jeden Schritt ist er auf seine armseligen Menschen angewiesen. Er wird versuchen, diesseitig hinzugelangen – vielleicht mit der S- oder U-Bahn, deshalb hält er sich wahrscheinlich hier auf. Aber er ahnt, daß es schiefgehen könnte. Trifft er nicht Vorkehrungen für das Betreten der höheren Ordnung, um durch die Hintertür zum Großen Satan vorzudringen? Wahrlich, die trifft er! Der Schurke, der Auswurf, der atmende Unschlitt!«

»Hintertür«, wiederholte Hilde Pinguin, weil sich das Wort zum Wiederholen eignete.

»Jawohl – durch die Träume der Menschen, die bei ihm sind. Er wird sie nutzen müssen, der Bastard!«

Was der Käse verschwieg, der mit seinen scharfen Augen eben sah, wie Rosalie und Hendrik die entkräftete Clea auf die freigeräumte lange Verkaufsfläche der Bahnhofsapotheke legten und dann, von Mandelbaum instruiert, die Regale durchsuchten, wobei sie sehr verschiedene Medikamente in geräumige Plastiktüten stopften, war natürlich, daß er selbst es hinsichtlich der Hintertür trotz seines übersteigerten Selbstbewußtseins nicht anders hielt als der Hase, den er haßte.

Auch er hatte sich menschliche Unterstützung besorgt, für den Fall, daß anders kein Durchkommen war; auch er würde nicht zögern, Hilde Pinguin in Schlaf oder Bewußtlosigkeit zu versetzen, um entlang den Pfaden ihrer Träume den Weg zu seinem vorgesehenen Anschlagsopfer zu finden.

Rosalie und Hendrik waren mit ihrer Arbeit fertig. Clea lag reglos auf der Ladentheke.

Das Gehör des Kamikäses war nicht gut genug, um zu erlauschen, worüber die Menschen mit dem Stoffhasen redeten. Der junge Mann schien erregt; seine Gesten verrieten, daß er sich weigerte, ohne die Bewußtlose aufzubrechen. Es ging offenbar darum, wie man sie transportieren sollte. Der Kamikäse nahm befriedigt zur Kenntnis, daß Mandelbaum zur Eile drängte – er fürchtete demnach, seinen Plan vielleicht nicht durchführen zu können.

»Er wird scheitern. Ungläubige scheitern immer, egal, wer oder was sonst noch auf ihrer Seite ist«, stellte der Knirps fest und verschränkte die Ärmchen trotzig vor der Käsebrust.

»Wenn er scheitert und dein Feind ist, dann finden wir das wohl keine Katastrophe«, witzelte die Millionärin schwach. Sie malte sich bereits aus, daß ihr vor Hunger bald schwindlig werden würde. Der Käse stampfte mit dem Fuß aufs Glas: »Katastrophe! Was ist die Katastrophe? Was lehrt dich wissen, was die Katastrophe ist? Wahrlich, ich sage dir: An einem Tag, da die Menschen gleich verstreuten Motten sein werden, und die Berge wie Streichwolle – wird der, dessen Waage schwer ist, ein angenehmes Leben genießen. Der aber, dessen Waage leicht ist, die Hölle wird seine Mutter sein. Und was lehrt dich wissen, was das ist? Ein rasendes Feuer!«

»Klar, gut, schon«, wiegelte Hilde Pinguin ab, weil sie fürchtete, daß sich der Käse in sein wildes Reden womöglich demnächst so sehr hineingesteigert haben würde, daß er für ihre Bitten gar nicht mehr erreichbar wäre, »aber vielleicht sollten wir uns jetzt trotzdem drum kümmern, daß ich was zu essen kriege. Oder wenigstens was zu trinken. Also es ist noch kein rasendes Feuer, aber mein Magen …«

»Schweig', Sau!« japste der Käse.
»Du wirst warten können – schon
weil ich es dir befehle!«
Was er dabei dachte, war noch gemei-
ner als das, was er sagte: Sollte seine
Geisel vor Entkräftung in Ohnmacht sinken, würde ihm das
eine Abkürzung eröffnen, die
Mandelbaum in Gestalt der
bewußtlosen Clea eigentlich
auch hätte gebrauchen können, aber offenbar zu nutzen
nicht gewillt war. Hilde Pinguin wagte
keine Widerrede mehr. Sie drehte sich,
ein kümmerliches Stöhnen mühsam

unterdrückend, mit aufeinandergepreßten Lippen zur Seite – und fand, was sie für ihre Rettung hielt: Hier war ein Automat mit Naschzeug umgefallen, neben dem Buntes lag, hoffentlich eßbar, keine zwei Meter weit weg von der Stelle, an der sie hockte. Hoffentlich zetert er jetzt ein Weilchen weiter, dachte sie, und begann, auf dem Bauch langsam zum Kasten zu robben.

»Misch' dich nicht ein in meine Pläne«, predigte der Käse eifernd und sah zu, wie Hendrik und Rosalie die erschlaffte Clea unter den Armen und bei den Beinen nahmen, um sie aus der Apotheke zu tragen.

»Verfolge nicht, wovon du keine Kenntnis hast! Wahrlich, das Ohr und das Auge und das Herz – sie alle sollen zur Rechenschaft gezogen werden. Hörst du? Hörst du mich und beachtest mich wohl?«

Pech für Hilde Pinguin, daß er ausgerechnet jetzt nach einer Antwort verlangte, denn sie bemerkte nichts davon, sondern war damit beschäftigt, sich etwas in den Mund zu stopfen, was sie im schummrigen Licht des verwüsteten Salons für Gummidrops hielt.

Der Käse warf noch einen letzten Blick auf seinen Widersacher und dessen Freunde. Sie gingen eine weitere stillstehende Rolltreppe hinunter, zu einem der S-Bahn-Gleise, ganz wie der Käse vermutet hatte. Dann beugte er sich vor, blickte unter den Flipper, fand keine Hilde Pinguin, sprang vom Gerät und wuselte ihr, als er sah, wo sie war und was sie tat, wie angestochen hinterher, die Arme emporreckend, als stünde er in Flammen: »Unglückliche! Was tust du? Bist du von Sinnen?«

Muß der gerade fragen, dachte Hilde Pinguin beleidigt.

Die Drops schmeckten arg eigenartig.

25.

Einmischung

Als das Unternehmen Monogenis für die Verwirklichung reif geworden war, hatte etwas danach gegriffen, mit dem man hätte rechnen sollen, und das Projekt denen entrissen, die in dem Irrtum befangen gewesen waren, es für ihr Eigentum zu halten. Die Macht, die sich nun ins Spiel brachte, war durch und durch unnatürlich, verhielt sich aber gern, als wäre sie Natur.

Ihr eignete nichts sonderlich Deutsches; sie war vor tausenden von Jahren anderswo hergekommen und hatte anfangs von nichts gewußt, nicht einmal, daß es sie gab.

Dieser dumpfe Anfangszustand war in lächerlich kurzer Zeit überwunden worden. Bald hatte es die Macht, von der die Rede ist, vom bloßen Schmiermittel beliebiger Tauschakte zur »Abkürzung aller äußerlichen Notwendigkeit« gebracht, wie der deutsche Philosoph Hegel schrieb. Kurze Zeit später war sie bereits das »wahre Gemeinwesen«, das der deutsche Philosoph Marx in ihr sah. So hatte die belebte Wirklichkeit denn die Paradoxie hervorgebracht, daß ein bloßes »Gebilde der historischen Welt das sachliche Verhalten der Dinge symbolisiert«, wie es der deutsche Philosoph Georg Simmel formulierte. Viel fehlte danach nicht mehr zur Selbsterkenntnis. Als jenes Gebilde diese vollzog, wurde es unberechenbar.

Gemeint ist das Geld.

Wann und wie es erwachte, läßt sich nicht ermitteln. Wo genau das geschah, kann man nicht einmal fragen, die angemessene Ortsvorstellung für dergleichen fehlt uns. Wie orientiert man sich in einem stofflosen Strom, wo tritt man mit dem Fuß ins Internet, wie rastet man auf Finanzforen, wie bewegt man sich in den Dokumenten der Third Annual Applications of Physics in Financial Analysis Conference von 1999, in langen, verworrenen Aufsätzen über computergestützte Preistheorien auf dem Server einer Hongkonger Universität (www.bm.ust.hk), in den Börsennotizen der Zeitungen, in den visuellen Dialogen, die unterschiedliche Auslagen unterschiedlicher Schaufenster miteinander zu führen begannen, als es endlich soweit war?

Was für ein Haus ist das Wetter?

Berufene Deuter vermuteten bald, daß die »Zirkulationsbewegung des Kapitals« auf den digitalisierten Märkten »durch eine mathematische Streuseltsamkeit« (irgendein Eierkopf) spontan »eine neue Sorte Selbstregulation implementiert hatte« (irgendein anderer Eierkopf). Aber sie begriffen nicht rechtzeitig, daß diese unerwartet erreichte Autonomie gegenüber menschlicher Einflußnahme bereits die Knospenform eines neuartigen denkenden Geschöpfs war, mit dem der *homo sapiens* von da an die angestammte Raumzeit würde teilen müssen. Zwar hatten Wissenschaftler, die dem Forschungsprogramm der sogenannten »Künstlichen Intelligenz« viel Zeit, Arbeit und Hirnschmalz opferten, sich lange schon wilden Hoffnungen hingegeben, ihre Erfindungen mochten eines Tages das Denken lernen.

Was ihnen dabei aber nicht hinreichend gegenwärtig gewesen war, läßt sich auf die Formel bringen, daß Intelligenz notwendig Eigeninteresse voraussetzt: Absichten – selbst der Wunsch, von Absichten abzusehen, ist, wenn er wirklich verfolgt wird, eine Absicht.

Dem Geld, als Kapital, waren Absichten gegeben. Es wollte etwas, nämlich: sich reproduzieren. Dazu nutzte es Märkte, den Trading Floor, die menschlichen Volkswirtschaften, sogar die mathematischen Modelle, die seine Kreisläufe beschreiben sollten. Spekulierende Agenten – die Vorfahren der späteren Aktuatoren – versuchten, Modelle dieser Selbstvermehrung zu instrumentalisieren, um Reichtümer zu erlangen.

Das machte alle derartigen Modelle von Augenblick zu Augenblick immer wieder sprunghaft obsolet, da sie auf diese Weise selbst in die Reproduktionsarbeit des Geldes hineingezogen wurden, von der man sie ursprünglich hatte ableiten wollen. Der so begonnene Prozeß steter Selbstkorrektur wurde die erste, innerste Schicht des Geldbewußtseins: Reflexion.

Bald lernte das Geld zu beobachten, was die Menschen trieben, ganz so, wie die Menschen zuvor beobachtet hatten, was es trieb.

Kurze Zeit später hatte es sich seinen ersten eigenen Reim aufs Tun und Lassen der Menschen gemacht. Sie waren nicht schwer zu verstehen. Es wollte sich einmischen. Es suchte Familienanschluß. Deshalb zeugte es mit einer menschlichen Frau eine Tochter, als »zukünftiges Gefäß« seiner »Gnade« (das Geld konnte sich geschwollen ausdrücken, wo das nötig war – es hatte von Leitartikeln gelernt).

Als nun schließlich ein paar Deutsche ihr Haus nach außen hin verschließen wollten, um in aller Ruhe Filter einzuziehen, die erwünschte Menschen einlassen und unerwünschte ausscheiden würden, brachte dieses Vorhaben das Geld auf Ideen. War dieses neue Haus nicht etwas, das man der Tochter schenken konnte?

Es brütete diese Gedanken in großer Ruhe aus.

Dann handelte es – schnell, entschieden, wirksam.

Mit Widerstand allerdings hatte es nicht gerechnet.

Zu lange schon war ihm keiner begegnet.

26.
Grenzüberschreitung

»Ich geb's auf«, sagte Bernd Vollfenster zu den Versprengten. Man lagerte im Foyer eines aufgegebenen McDonald's unweit der ehemaligen Hauptwache. Rosalies Vater seufzte: »Meine Karten zeigen mir den Weg nicht.«

»Was wollen Sie überhaupt machen? Selbst wenn Sie zum Geld finden?« fragte die ehemalige taube Nuß, die wir, damit ihr persönlicher Fortschritt gewürdigt sei, fortan Exnuß nennen wollen.

»Keine ganz unberechtigte Frage, Herr Vollfenster«, sagte der Kommunist.

»Was können Sie dem Geld vorwerfen? Es macht, was Sie selbst zugelassen haben: Es schließt das Land zu«, sagte der ehemalige arme Teufel, den wir, damit sein persönlicher Fortschritt gewürdigt sei, fortan Exteufel nennen wollen.

»So, wie es jetzt gekommen ist, wollte das niemand. Ich bestimmt nicht!« wehrte sich Bernd Vollfenster und wippte dabei so erregt vor und zurück, daß Ohne Titel bebte.

Das Kunstwerk fand es unter seiner Würde, sich dazu zu äußern. Der ehemals Ausgestoßene, den wir, damit sein persönlicher Fortschritt gewürdigt sei, fortan den Exausgestoßenen nennen wollen, zog ein Spöttergesicht: »Wollen Sie das Geld anbetteln, daß es alles wieder einrichtet, wie's früher war?«

»Ich weiß gar nicht«, sagte Vollfenster und schüttelte den Kopf dazu, »warum es sich überhaupt eingemischt hat, das blöde Geld. Wir wären schon zurechtgekommen.«

»Es hätte alles ein bißchen kommoder zugehen können, höre ich das richtig heraus?«, der Kommunist strich sich den Bart. »Na ja«, sagte Bernd Vollfenster, »ein paar abfedernde Vorkehrungen, wenn schon Monogenis, hätten nicht geschadet.«

»Damit die Erschütterung nicht zuviel zerschlägt? Damit die richtigen Leute die Kontrolle behalten?«, der Kommunist war nicht überzeugt.

»Schön«, sagte der Kommunist, »dann halten Sie sich jetzt besser fest auf Ihrem Kunstwerk«, man hörte Ohne Titel leise schnauben, das besitzanzeigende Fürwort in dem Satz hielt es für grundverkehrt, »denn was ich Ihnen zu sagen habe, wird Sie nicht gerade zum Lachen bringen.«

»Das will ich hören!« freute sich die Exnuß. Ein tadelnder Blick des Kommunisten wies sie zurecht.

»Folgendes«, begann der Greis, »diejenigen, die Sie für die richtigen Leute halten, glauben, sie wären die Herren des Geldes. Das sind sie lange schon nicht mehr. Sie sind nur Anhängsel, mit deren Hilfe sich das Geld vermehrt. Das klappt nicht so gut, wie es sollte. Profitraten fallen, Sorgen wachsen, Spielräume schrumpfen. Das Geld denkt. Vielleicht hat es das, was jetzt geschehen ist, schon länger geplant. Ich weiß das, weil das bei meinen Klassikern steht. Ein Rätsel allerdings bleibt, das ich gern lösen würde: Wieso jetzt?«

»Wieso jetzt was?« fragte der Exteufel.

»Wieso ist es nicht früher oder später passiert? Schaut mal«, der Alte wandte sich nun an alle, »in der Geschichtstheorie, die ich gelernt habe, gibt es ein Ziel: Revolution. Die Leute nehmen ihr Schicksal selbst in die Hand und streifen die falschen Verkehrsformen ab. Die Klassiker sagen aber auch, daß diese Revolution nicht irgendwann, nicht überall, nicht jederzeit stattfinden kann. Die alte Gesellschaft muß den Keim schon in sich tragen. Der muß reifen. Es gibt für alles einen richtigen Zeitpunkt, auch für die Auflösung des Rätsels. Wir nannten das die ›revolutionäre Situation‹.«

»Nicht schwer zu merken«, lästerte Ohne Titel.

»Eben«, sagte der Kommunist. »Und etwas in der Art scheint es also auch für die Gegenseite zu geben – den richtigen Moment für putschende Generäle, Machtergreifungen, Säuberungswellen.

Worin bestand diesmal die Gelegenheit, die ergriffen wurde?«

Bernd Vollfenster fragte nach: »Sie meinen, das Geld hätte sich vielleicht mehr Zeit gelassen, wenn es gekonnt hätte?«

»Die Folgen der Hast, mit der das alles passiert ist, scheinen doch auch fürs Geld nicht angenehm zu sein. Wenn das stimmt, was Sie uns vom unkoordinierten Treiben dieser … Aktualen …«

»Aktuatoren«, verbesserte Vollfenster.

»… Aktuatoren erzählt haben, geht es da reichlich kopflos zu.«

»Vielleicht kann's das Geld nur so. Kopflos«, riet der Exausgestoßene.

»Da ist was dran«, nickte der Kommunist, »von Planung hat's nie viel gehalten. Es wird herumgeworfen, erleidet seine Krisen wie Malariaschübe. Aber das ändert nichts daran, daß …«

»Irgendein Faktor in unserem Bild von der Sache fehlt, irgend etwas Zwingendes«, vollendete Vollfenster den Gedanken. Das Gesicht der Exnuß hellte sich auf: »Und wenn's was gibt, wovon das Geld sich zu Sachen zwingen läßt, dann … könnten wir …«

»… es gut gebrauchen, wenn wir wüßten, wie!«

»Wenn das mal nicht gleich ein Konzept wird hier«, brummte Ohne Titel.

»Die Sache hat einen Haken«, Bernd Vollfenster war kein bißchen begeistert.

»Ach so, stimmt. Wir müssen hin, oder? Zum Geld? Und finden den Weg nicht, stimmt's?« fiel der Exnuß ein.

»Nicht im Wachzustand«, bestätigte Rosalies Vater. »Wir … die Leute, die mit Monogenis zu tun hatten … wir wußten, daß das Geld lebt. Daß es denkt. Daß es in dieser Stadt immerhin ein lokales Hauptquartier hat.«

»Das Hochhaus! Das Hochhaus!«, der Exausgestoßene wußte, wovon Vollfenster sprach.

»Was denn für'n Hochhaus? Gibt viele«, der Exteufel kratzte sich am Kopf.

»Er meint das Gebäude der Europäischen Zentralbank«, klärte der Kommunist ihn auf.

»Aber da kommt man doch total leicht hin. Und rein«, fand die Exnuß. Als sie Vollfensters Gesichtsausdruck sah, berichtigte sie sich: »... jedenfalls war das früher so. Aber jetzt ist da wahrscheinlich alles irgendwie auch reingekrempelt und ausgefressen wie der Rest von allem.«

Bernd Vollfenster erklärte: »Man bräuchte bessere Karten, als ich habe. Ich könnte natürlich einschlafen und hoffen, daß ich das Richtige träume.«

»Einschlafen?«, die Exnuß wunderte sich sehr.

Der Kommunist kannte sich aus: »Was hier passiert ist, kann man nur verstehen, wenn man es als einen Verlust der Orientierung begreift. Nicht nur die Leute finden sich nicht mehr zurecht. Der Ort selber verwechselt seine Teile miteinander und findet den Weg aus sich raus nicht mehr.

Diese ganze Orientierungsangelegenheit hat mit dem Unbewußten zu tun. Mit Träumen. Alles träumt. Menschen, Bäume, Wochentage. Drüben, in den Träumen, könnten wir uns, wenn wir durchfänden, sozusagen von hinten anschleichen, ans Geld. Aber ich würde Ihnen«, er zwinkerte Bernd Vollfenster zu, »nicht empfehlen, sich alleine auf so eine Reise zu machen. Man verläuft sich schneller als im verwirrtesten Diesseits. Außerdem: Wenn das Geld überhaupt jemanden erwartet, dann Sie und Ihre Freunde. Es wird seine Vorkehrungen getroffen haben.«

»Wir müßten also auf jeden Fall«, sagte der Exteufel, »zusammen los. Als Gruppe. Bloß, wie kann man gleichzeitig einschlafen? Mehrere Leute? Zusammen träumen? Und auch noch dasselbe?«

»Als ob das schwer wäre! Lächerlich!«

»Wer hat … ach so.« Es fiel der Exnuß immer noch ein bißchen schwer, sich an ein Kunstwerk zu gewöhnen, das nicht von irgendwem erläutert wurde, sondern sich selbst äußern konnte. Sie fragte nach: »Du weißt, wie wir das machen können? Fünf erwachsene Menschen …«

»Im Ernst«, maulte Ohne Titel, »was wär' ich denn für eine Kunst, wenn ich nicht eine Handvoll von euch Affen in meinen Bann ziehen könnte und rüberschleusen in dieses sogenannte Unbewußte da?«

»Hmmmm …«, machte der Kommunist und kniff die Augen zusammen, während er Ohne Titel betrachtete und ganz langsam um es herumging.

Ohne Titel hielt still. Die andern schwiegen.

Als er mit seiner sorgfältigen Untersuchung fertig war, sprach der Alte: »Gut. Laßt es uns versuchen.«

»Nichts leichter als das«, schnarrte Ohne Titel. »Ihr werdet zwar verschiedene Ausgangspunkte haben, jeweils zwei Augen pro Kopf. Aber sobald ihr drüben seid, hört das Getrenntsein auf. Durch mich als Kunstwerk hindurchgehen heißt …«

»… etwas Objektives subjektiv erleben. Ich weiß«, sagte der Alte. »Ich habe Hegel gelesen.« Er wies den Exausgestoßenen und die Exnuß an, Bernd Vollfenster vom Kunstwerk zu heben und auf eine der McDonald's-Plastikbänke zu setzen. Dann ging er, nicht ganz locker, in die Hocke, neben den Exteufel, der schon am Boden saß.

Ohne Titel gab ein paar knappe Anweisungen, die es eine gute Viertelstunde lang in zunehmend beschleunigtem Rhythmus wiederholte: »Schaut euch die rechte Bildhälfte an. Fixiert diese zwei

Punkte da, während ich mich drehe. Schließt kurz die Augen. Hört genau hin. Ich senke jetzt zwei Träger. Augen wieder auf! Rechte Bildhälfte! Die beiden Punkte! Augen zu! Hören! Augen auf!«

Was die fünf Menschen sahen, hörten und erlebten, während dies geschah, war, wie angedroht, vierfach verschieden: Der Kommunist fühlte, wie ihm kühler wurde, sah vor sich einen Bergpaß, der verschneit war, und hörte vom Horizont her eine ungeduldige Reiterschar. Sein Atem, schien ihm, war weiß und sichtbar. Die Kälte aber tat ihm nicht weh, sondern gut.

Der Exteufel hörte es leise klingeln. Er hatte das Gefühl, von etwas angezogen zu werden, seinen Blick auf etwas richten zu sollen, das, wie ihm immer klarer wurde, schwer zu beschreiben, aber vor allem keine Pfeife war.

Bernd Vollfenster spürte ein Kitzeln an den Sohlen. Er roch frische Pfannkuchen. Dann dachte er, sein Busen sei in einen Brustpanzer aus Eminentium eingeschlossen wie das Standbild des Kaisers Augustus vor der Prima Porta.

Die Exnuß erkannte das Gesicht eines Mannes, ein wenig unscharf, aber schwarzweiß. Es war Franz Kafka, nach dem Porträt von Gerhard Richter. Nach einer Weile tat der Schriftsteller den Mund auf und sagte einen Satz, den die Exnuß wunderbar fand, weil er ihr ganzes Leben erklärte und sie von aller Schuld freisprach. Wir behalten diesen Satz für uns, weil sie ihn nie weitergesagt hat.

Der Exausgestoßene staunte. Er konnte plötzlich hinter sich blicken. Da war er selbst und winkte sich fröhlich.

Alles ging schnell und war höchst einprägsam.
Nach einer Weile, die man nicht messen konnte, hatten die fünf Menschen es geschafft.
Sie waren drüben und beisammen.

27.
Mandelbaums Entscheidung

»Es tut mir leid. Wir müssen aussteigen. So geht das nicht«, sagte Mandelbaum, die Hasennase rümpfend, zu Hendrik, Rosalie und der bewußtlosen Clea. Noch einmal schaute er, bedauernd, erst rechts, dann links aus den Fenstern der Bahn Richtung Seckbacher Landstraße. Nichts hatte sich gebessert.

Seine Hoffnung, das Verkehrsmittel könnte sie tatsächlich zur nächsten Station »Willy-Brandt-Platz/Europäische Zentralbank« bringen, war nie besonders groß gewesen. Da man aber deutlich sah, wie auf der rechten Seite Bahnhof, Wände und schraffierte Dunkelheiten vorbeirauschten, während die linke Wand völlig unverändert blieb, war klar, wie die Reise in wenigen Minu-

ten erneut enden würde: mit der Einfahrt in den Hauptbahnhof, den man eben erst verlassen hatte. Eine heimtückische Schlaufe: Das war jetzt schon fünfmal passiert.

»Von wegen, tut dir leid«, sagte Hendrik, »ich kann meine Finger nicht mehr spüren. Hörst du das? Ich spüre meine blöden Finger nicht!«

Rosalie legte eine Hand auf den Arm, an dessen Ende die verfluchten Finger waren. So gern mag sie ihn, dachte Mandelbaum bei sich, daß sie nicht einmal Angst hat, sie könnte sich anstecken.

Clea stöhne leise und drehte sich etwas nach rechts. Die Sitzbank, auf der Rosalie und Hendrik sie abgelegt hatten, war zu kurz, sich ganz darauf auszustrecken. Die beiden sahen sie bestürzt an; ihr Mitleid hielt sich mit der Angst davor, daß es Hendrik bald ähnlich gehen konnte, die Waage.

Ein Feigling war der Junge nicht. Er fragte Mandelbaum direkt: »Also gut, erklär's wenigstens. Was passiert mit Clea und mit mir? Werden wir weich wie der Zaster?«

»Die genauen physiologischen Konsequenzen«, piepste Mandelbaum so sachlich wie möglich, »sind mir nicht klarer als euch. Aber was mit dem Geld passiert ist, das du berührt hast und das Clea gegessen hat, kann ich mir ungefähr denken.«

»Mach's doch noch ein bißchen spannend, ist eh so öde alles«, murrte Hendrik.

»Es hat mit der Energieerhaltung zu tun. Irgendwoher muß das Geld den Willen nehmen, der die Transformation angetrieben hat. Es gibt kein ›draußen‹ mehr, insofern ist das ungenau, was ich jetzt sage, aber: Alles Geld woanders, das ganze materielle Substrat, Papier, Gold, jede Ware, die nur das Äquivalent anderer Waren ist, hat seinen Wert eingebüßt, auf der ganzen Welt, aus der Deutschland verschwunden ist. Sogar schon vor der Plombierung ging das los.«

»Stimmt«, sagte Rosalie, »ich erinnere mich, daß ich die Verrottung schon Wochen eher gesehen habe. In Amerika.«

»Okay. Und das ist ansteckend?« Hendrik hatte es eilig, zum Punkt zu kommen.

»Gewissermaßen. Es hat mit dem Verhältnis von Tauschwert und Gebrauchswert zu tun. Unser kommunistischer Freund könnte euch das anschaulicher erklären, ich kann es nur unter Verwendung von Begriffen wie Symmetrie und Supersymmetrie, Punktfeldern, Masse-Energie-Erhaltung … die materiellen Substrate …«

»… die Kohle, der Schotter, die Mäuse …«, ergänzte Hendrik gereizt.

»All das … ist im Schwund begriffen. Kontakt dieser … Zirkulation mit anderen selbsterhaltenden, sich selbst reproduzierenden Systemen, etwa biologischen … oder mit dem Bewußtsein kann zu Feedbackschlaufen führen, die … erinnerst du dich an die Ökonomen in der Kiesgrube, Rosalie?«

Das Mädchen nickte: »Mmmhmm.«

»Denen ist im Kopf passiert, was Hendrik hier mit seiner Hand und Clea mit ihrem ganzen Stoffwechsel widerfahren ist. Sie denken über Geld nach. Du hast es angefaßt«, das galt Hendrik, »und sie hat es gegessen. Feedbackschlaufen. Ihr füttert den Prozeß der Abdichtung. Die gute Nachricht daran ist, daß dieser Prozeß, wenn er noch gefüttert wird, entgegen dem Augenschein offenbar noch nicht ganz abgeschlossen ist.«

»Heißt?« fragte Hendrik.

»Das heißt, daß wir dich und Clea nicht nur retten können, sondern daß diese hypothetische Rettung – Aufhalten und Umkehren der Abdichtung – gleichzeitig die größeren Pläne des Geldes stören könnte. Seinen Willen durchkreuzen. Vielleicht brechen.«

»Okay, super«, sagte Hendrik, »dann machen wir das doch einfach!«

»Langsam. Vorsicht. Wir müßten dem Geld zunächst auf seinem eigenen Terrain begegnen. Da kommen wir mit der Bahn offensichtlich nicht hin. Also müssen wir zunächst einmal aussteigen.«

Hendrik und Rosalie nickten, Clea, als hätte sie den Hasen gehört, ächzte leise.

»Dann aber … und das ist ein heikler Punkt … muß ich euch hypnotisieren. Ich werde euch einen Betäubungscocktail mixen, ein Pharmakon aus den Zutaten, die wir in der Apotheke gefunden haben. Anschließend werdet ihr auf eine gelenkte Reise in die Bewußtlosigkeit geschickt. Clea suchen wir drüben, die dürfte schon da sein. Es wäre mir lieber gewesen, ich müßte euch das nicht antun. Aber die Dinge liegen leider, wie sie liegen.«

Das Fahrzeug hielt, wo es fünfmal gehalten hatte.

Rosalie und Hendrik sahen einander und dann den Hasen an.

Es war Rosalie, die den Entschluß bestätigte: »Also dann: Gute Nacht, aber nicht auf Wiedersehen.«

»Korrekter Spruch«, lobte Hendrik. »Gute Nacht, aber nicht auf Wiedersehen.«

Mandelbaum wackelte mit den Ohren.

28.

Käsederwisch

»Vielleicht ein winziger Joghurt? Ein … Öbstchen? Irgendwas kleines?«

Hilde Pinguin bot einen bejammernswerten Anblick: Die Haare fielen ihr wirr ins Gesicht, die Stirn glänzte wie Lätta auf Holz, die Wangen waren eingefallen. Sie atmete flach und lehnte an der Betonsäule, an die sie der Kamikäse vor drei Stunden verwiesen hatte. Der drehte sich vor ihr im Kreis, mit ausgestreckten Armen, nicht übermäßig schnell, aber doch so rasch, daß ihm längst schwindlig sein mußte.

Die Millionärin wußte nichts von Sufis, von Derwischen oder islamischer Mystik. Sie erkannte die Ausrufe nicht, die das irre Molkereiprodukt, aus Schriften des erleuchteten Ibn Arabi zitierend, ohne Unterlaß krächzte:

> *In meinem Geist sinkt der Vollmond der Dunkelheit!*
> *O Moschus! Vollmond! Zweige über den Dünen!*
> *Wie grün die Zweige, hell der Mond!*
> *In meinem Geist …*

Vom Geist war nicht viel übrig. Der Takt aber stimmte.

Der Kamikäse wußte, wann Hilde Pinguin, die sich aus Angst vor dem Dynamit und wegen furchtbarer Entkräftung nicht von der Stelle rührte, vor Nahrungs- und Schlafentzug in eine tiefe Ohnmacht sinken würde. Er hatte fest vor, den Moment zu nutzen, das heißt: sich bis dahin selbst an die Schwelle der Trance zu tanzen und dann mit ihr hinüberzugleiten ins Andere.

Der Rasende hatte der Millionärin einiges von ihrem Schmuck abgenommen. Die Kettchen und Armreife, die ihm zehn- bis zwanzigfach zu groß waren, klirrten und klapperten an seinen spillerigen Gliedmaßen, während er kreiselte und sang.

Was will er bloß, rätselte Hilde Pinguin, als sich ihr Blick verschleierte. Was ist das für ein Quatsch mit Moschus, den er jault? Wo bin ich, was geschieht mir, wo ist Clea, warum hilft mir ihr Vater nicht?

Ohne es recht zu bemerken, entglitt sie murmelnd und mümmelnd sich selbst.

29.

Drüben

Das erste, was Bernd Vollfenster in der Gegend auffiel, in die ihn der konzentrierte Anblick von Ohne Titel versetzt hatte, war, daß er seine Beine wieder nach eigenem Willen bewegen konnte.

Rosalies Vater stand aufrecht, verlagerte sein Gewicht spielerisch ein wenig vom rechten aufs linke Bein und überblickte vom grünen Horizont bis zum roten Horizont, die einander einerseits gegenüberlagen und andererseits dasselbe waren, die ganze Gegend.

»So sieht's hier also aus. Schräg«, sagte die Exnuß. Auch der Kommunist, der Exteufel und der Exausgestoßene ließen Äußerungen wie »Ah ja«, »So, so« und »Ist ja gar nicht so schlimm« hören.

Schlimm war es wirklich nicht, aber doch anders als alles, was diese Menschen je gesehen hatten, wach oder träumend. Die offene Eindrucksgesamtheit bestand weithin aus Brücken, die miteinander verstrebt und aneinandergehängt waren. Manche schienen breit wie Städte, lang wie Länder, zwischen schmaleren Auslegerbrücken, bewehrten Hängebrücken, großen gespannten Harfen. Die Pfeiler, an denen diese Bauten hingen, waren Wehr- und Wohntürme, Zikkurate und Pilze aus Ziegelmauern oder Spannbeton, Marmor und Holz. Auf einer der Brücken stand die Gruppe der Neuankömmlinge und bemerkte schließlich, wie sich, zunächst nur als ferne Staubwolke auszumachen, eine mächtige Menge unbestimmbarer Gestalten von vorne auf sie zubewegte.

»Sind noch verstreut. Einzelne ganz weit vorne«, erklärte der Kommunist, der die schärfsten Augen und die größte Weitsicht hatte, »an der Spitze, nur eine Handvoll, fahren Autos – kleine Jeeps, Geländefahrzeuge. Dahinter gibt's welche auf Pferden … die und der eigentliche Pulk liegen hunderte von Metern auseinander, würde ich sagen. Aber die ersten paar Dutzend erreichen uns bald.«

»Das ist nicht gut«, sagte der Exteufel.

»Kannst du erkennen, was das für welche sind?« fragte die Exnuß.

»Sie tragen Spieße, Knüppel. Vielleicht auch Gewehre. Und es sind viele. Hunderte«, sagte der Kommunist und drehte sich dann um, nach dem rückwärtigen Gewirr weiterer Brücken, die über Treppen und Stege miteinander verbunden waren.

»Seht ihr das Hochhaus da hinten?« Er streckte den Arm aus wie Moses, der das Rote Meer teilt, und wies damit auf ein hoch aufragendes Gebäude, das die vier Frankfurter kannten.

»Das ist es«, erklärte Bernd Vollfenster. »Das ist das Hauptquartier des Geldes.«

»Dann sollten wir versuchen«, sagte der Kommunist, »es zu erreichen und uns Zutritt zu verschaffen, bevor uns die Armee dort überrollt«, womit er wieder in die andere Richtung deutete.

»Oh verreck!« rief die Exnuß aus, denn zwei Dutzend Meter rechts von ihnen, am hohen schwarzen Eisengeländer, krabbelten plötzlich verschmierte Gestalten herum – bleiche, larvenartige, in weißen Tüchern. Es waren billige Menschen, wie Vollfenster sofort erkannte. Sie warfen sich aus der Verzopftheit der gläsernen Seile, die dort aufgespannt waren, teils hinunter ins Nichts, teils auf die Brücke, wo sie sich sofort berappelten, auf die kleine Gruppe zuschlappten und dabei wilde Rufe ausstießen, die man nicht verstand: »Oszillator! Oszillator! Abbabbel bibibell Bubutz! Oszillator! Drehimpuls zickzack! Oszillator, Broszillator, himpele pimpele porz! Hickhack, Hut und Hund!«

»Sie verlieren Krähenfedern«, stellte die Exnuß fest.

»Was?« fragte der Exteufel.

»Es stimmt«, sagte Vollfenster verdattert und zeigte, weil es dazu sonst nichts zu sagen gab, stumm auf die Nasenlosen und Ohrenfreien, die fahlen Menschen, von denen manche Reißverschlüsse hatten, wo Münder hingehört hätten, in ihren schwarzweißen, flockigen Lumpen, mit schlakkernden Armen und weit aufgerissenen Mäulern, aus denen »Komponente, lahme Ente, hui und auch noch Wasserleiche!« und anderes Gejaule drang. Sie verloren tatsächlich Federn, mit denen ihre Körper gespickt waren wie Nähkissen mit Nadeln.

Die Gefiederten kamen schneller näher als das Wilde Heer.

Alles begann jetzt zu lärmen, zu rasseln, der große Haufen auf der Brücke, ja auf allen Brücken, wie die Gruppe der Neuankömmlinge begriff, als sie sich umsah – so weit man schauen konnte, hier unterm grünblauroten, weltallweiten Himmel, brandete schauriger Lärm auf.

»Wir sollten uns beeilen«, sagte der Kommunist, der, wie sich herausstellte, als er in Richtung des von ihm vorhin als Ziel der Reise bestimmten Turms loslief, hier drüben erstaunlich gut zu Fuß war.

»Wo … ist …«, japste Bernd Vollfenster, der nur stolpernd Schritt hielt, weil er sich ständig nach denen umsah, die ihnen nachsetzten.

»Wo … ist … was?« keuchte der Kommunist.

»Das … Bild, das … Kunst …«

»Ohne … Titel? … Gute … Frage … vielleicht … kann … es nicht … mitkommen, wenn es … uns rüberschickt …«

»Guckt … euch … bloß mal die Köpfe an!« stöhnte die Exnuß, und der Exteufel fand einen treffenden Vergleich: »Sieht gar … nicht … wie Fleisch aus, mehr nach … Kartoffel …«

Der Abstand zu den herannahenden Kriechern und Humplern vergrößerte sich, während die große Rotte von der andern Brückenseite her aufholte.

Schon hatten Vollfenster und der Alte die breite Treppe erreicht, die zur nächsten Hängebrücke führte, die im rechten Winkel zu jener stand, auf der sie diese Welt betreten hatten.

In den Gesichtern der Exnuß und des Exausgestoßenen schimmerte der Rausch, den körperliche Verausgabung auslösen kann. Der Geschwindmarsch hatte ihnen gutgetan. Vollfenster sprang auf die Treppe und winkte der Exnuß, dem Exteufel und dem Exausgestoßenen, sie sollten sich beeilen: »Sind nur noch paar Meter, hopp!«

Er lachte, aber die andern lachten nicht, denn sie schauten über ihn weg, in die Luft, und der Kommunist rief: »Vollfenster, ducken!« Schon war der Schatten auf ihn gefallen. Ein Luftzug streifte seine Haarwurzeln, mit Schwung traf ihn ein Baseballschlager an der linken Schläfe, so daß er augenblicklich das Bewußtsein verlor, zusammensackte und die Treppe hinunterfiel, sich überschlagend, mit erschlafften Gliedern. Exteufel und Exnuß trafen gerade rechtzeitig am Treppenabsatz ein, ihn wenigstens aufzufangen. Der Kommunist und der Exausgestoßene aber schauten erschrocken nach oben, wo an einem Mini-Zeppelin ein Tandem hing, auf dem vorn ein billiger Mann mit Kartoffelkopf wie verrückt strampelte, um den Heckpropeller des Fluggeräts in Betrieb zu halten, während hinter ihm der Angreifer mit dem Schläger saß, den er aus Leibeskräften bald hierhin, bald dorthin schwang.

Dieser Schlägerschwinger war ein Männlein in altmodischer krachlederner Pilotenkluft, das einen Schal vor den Mund gebunden hatte und eine Mark-Spitz-Taucherbrille trug. Die Arme und Beine zappelten, die Haare unter der Sherlock-Holmes-Mütze standen nach allen Richtungen ab wie unter Strom. Das Männlein drohte mit dem Schläger, aber sein Tandem war zu hoch gestiegen, als daß der Kommunist, der sich auf der fünften Treppenstufe duckte, in ernster Gefahr gewesen wäre.

Das Männlein schrie: »Ah, ihr Scheißer! Ja, ihr Scheißer da! Eichfeld, Potential, Schrott!«
Vollfenster war zum Glück nicht gar so schwer getroffen worden, wie es zunächst geschienen hatte.
Es gelang der Exnuß und dem Exteufel, ihn aufzurichten, während er sich die Schläfe rieb, die schon anfing, in den grellen Lavafarben eines Blutergusses zu schillern.

Vollfenster blinzelte, stierte benommen geradeaus, dann legte er den Kopf in den Nacken und besah sich das Tandem, auf dem der Kartoffelkopf sich abstrampelte und dessen Herr und Meister schrie: »Ich greife durch, ich bin ein Koordinatenchef!«

»Um … Gottes … willen …«, brummte Vollfenster, denn er erkannte den Krachledernen.

»Was denn?« fragte die Exnuß.

»Das … ist mein Schwager. Das ist von Pütterwitz, der Physiker. Er ist verrückt geworden!«

Jener beeilte sich, diese Einschätzung zu stützen, indem er krakeelte, was die Stimmbänder hergaben: »Ich ordne an, daß eine skalare Feldkacke stattfindet! Magnetisch geladen, versaut gedehnt auf die ganze Raumzeit!«

Das Flugfahrrad legte sich nach links in den jetzt aus der schwarzen Tiefe unter und zwischen den Brücken aufkommenden Wind, dann nach rechts. Endlich flog es über die Köpfe der bedrohten Gruppe hinweg bis fast zu den Pfeilern der Brücke, auf der sich die Federleute und der Heerhaufen näherten.

Man hörte den Physiker, der sich entfernte, husten und spucken: »Grenzwert! Scheißer! Ich ordne an … Befehle …«

Die vier am Fuß der Treppe Stehenden nutzten die Gelegenheit, nach oben zu trippeln und zu ihrem Anführer aufzuschließen, dem vom Wind arg im Bart gezausten Kommunisten.

Das Flugtandem beschrieb in der Luft einen Bogen. Vollfenster warnte: »Er kommt zurück! Jetzt sind wir fällig. Das war's.«

Von Pütterwitz, dessen unzusammenhängendes Geschrei in bellende, unartikulierte Laute der Wut übergegangen war, griff hinter seinen Rücken und verstaute den Schläger in einer Art Rucksack. Als das Prügelwerkzeug feststeckte, kramte er eine Weile dort herum und zog schließlich ein längliches, halb hölzern braunes, halb metallisch glänzendes Objekt hervor.

»Ist das ein Schießgewehr, oder bin ich Pessimist?« wollte der Exteufel wissen.

»Schießgewehr«, antwortete der Kommunist, und die Exnuß schloß die Augen, weil sie überhaupt nicht wissen wollte, wie Erschossenwerden von innen aussieht. Der Exausgestoßene sagte: »Und wir Doofen stehen hier auffer Treppe wie die Schießbudenblumen auffem Jahrmarkt.«

Bernd Vollfenster nahm langsam die Hände hoch – es war eine sinnlose Geste der Ergebung, es gab nichts, das einen Jenseitigen wie von Pütterwitz aufhalten konnte, das wußte auch Rosalies Vater.

Aber Bernd Vollfenster war in all den Jahren bei der Erhabenen Zeitung zum Vollblutpragmatiker geworden. Es gab, auch im Angesicht des Todes, einfach keine Lage, in der er nicht sein Möglichstes versuchen mußte.

Die Exnuß flüsterte etwas, es mochte ein Gebet sein.

»Ihr Verlierer! Ihr Wichsfrösche! Ha, Eichfelder!« kreischte furios von Pütterwitz. »Supermatrizen! Spinoren! Twistoren! Ihr Blödel ihr!«

Der Kommunist sah ruhig und gefaßt dem Unvermeidlichen entgegen. Beinah amüsiert erkannte er, daß die dialektische Medaille, wie üblich, auch eine gute Seite hatte: Die Federleute und die vielen Verfolger im großen Haufen hielten inne, während der verrückte Flieger kreischte; es war, als wären sie zurückgepfiffen worden. Kommandierte von Pütterwitz sie alle? Hatte er Jägervorfahrt? Gab es sonst eine Verbindung, vielleicht eine weniger offensichtliche? Diese Überlegungen wären beinahe die letzten des Kommunisten gewesen; von Pütterwitzens erster Schuß, zu dem er eben ansetzte, hätte sein Ende sein müssen.

Es kam anders.

Eine Flugscheibe mischte sich ein.

»Hoi! Da!« schrie die Exnuß, die ihre Augen jetzt doch lieber wieder geöffnet hatte – eine alte Schwäche; sie konnte sich immer so schlecht entscheiden –, und deutete auf das flache, schwebende, ungeheuer manövriergeschickte Wasauchimmer, das vom falschfarbenen Himmel gefallen war und sich sofort neben dem Zeppelinchen positioniert hatte. Es war rechteckig, flach, aber mit Achsen und Gittern aus Metall und Holz überzogen, etwa mannsgroß. Es summte. Von Pütterwitz war überrascht und brüllte: »Operatoren! Komponenten! Idioten und Pflaumen!«

Die Krähenmenschen, die bislang die Konfrontation zwischen der Gruppe um Vollfenster und den Kommunisten einerseits sowie dem fliegenden Bekloppten andererseits ebenso reglos gebannt beobachtet hatten wie der immer noch starr in Waffen stehende Pulk der Verfolger, begannen nun, auf und ab zu hüpfen und einen Lärm zu schlagen, der den Exteufel an Affen im Zoo erinnerte.

»He, guck' mal, das hilft uns!«, die Exnuß rempelte ihn an. Tatsächlich fuhren aus dem schwebenden Objekt, dessen Zudringlichkeit der strampelnde Tandempilot durch Ausweichmanöver abzuwehren suchte, zwei lange, an Greifarme erinnernde Extremitäten. Am Ende der einen blitzte etwas – »Klinge oder Haken?« fragte der Kommunist niemand bestimmten. Die Antwort schien »beides« zu lauten, denn der Schnitt- und Hakenarm trennte, so verzweifelt von Pütterwitz auch fuchtelte, hinter dessen Rücken offenbar die Taschenträger durch und entriß dem Wütenden den Beutel, aus dem der Baseballschläger herausguckte.

»Unwürdig«, sagte Vollfenster.

»Wie?« fragte die Exnuß.

»Was Pütterwitz da macht, ist mir peinlich. Er ist eben doch mein Schwager, wissen Sie.«

Aus irgendeinem ihr selbst unklaren Grund mußte die Exnuß darüber lachen. Die fliegende Scheibe jagte den Zeppelin direkt über die fünf Köpfe der Neuankömmlinge. Der erste Schuß fiel – völlig ungezielt, er traf nichts, nicht einmal die Treppe, einen der Pfeiler oder einen Harfenstrang.

Die Scheibe rempelte, der Pilot radelte und riß an seinem Steuer. Von Pütterwitz gurgelte, kreischte und drückte noch einmal ab – wieder kein Treffer.

Dann schlug die Flugscheibe mit dem andern Greifarm gegen die Aufhängung der Gaszigarre, noch einmal, und wieder. Das Fahrrad erzitterte. Es war der angreifenden Seltsamkeit gelungen, das Flugtandem über den Rand der Brücke zu treiben, wo sich die Farbschlieren im bodenlosen Abgrund verloren.

Von Pütterwitz begriff endlich, worauf das alles hinauslief, und geriet vollends außer sich. Er hielt das Gewehr jetzt wie vorhin den Schläger, schwang es nach dem Objekt, das den geraubten Rucksack festhielt, konnte aber nichts dagegen unternehmen, daß das UFO jetzt auch noch einen dritten Arm ausfuhr, mit einer brummenden, zitternd weiß glänzenden Metallscheibe daran.

»Eine Säge, Kinder, wirklich, 'ne Kreissäge!« staunte der Exteufel.

Mit dem Werkzeug machte sich das UFO daran, methodisch die vordere Aufhängung des Tandems vom Zeppelin abzutrennen, während es mit dem zweiten Arm den Rucksack außer Reichweite des um sich schlagenden von Pütterwitz hielt und ihn mit dem dritten verprügelte.

Als die Aufhängung gekappt war, fiel das Tandem senkrecht nach vorn. Von Pütterwitz wurde aus dem Sattel gerissen und stürzte zappelnd und schreiend – es klang, als lachte er – ins Nichts. Der Pilot hielt sich noch an seinem Lenkrad fest, aber das mitleidlose UFO durchtrennte auch den zweiten Lebensfaden. Gestell und Steuermann verschwanden abwärts. Der Zeppelin entschwebte.

Das UFO beschrieb eine elegante Schleife und landete dann auf der Treppe, bei den fünf Geretteten.

Die wunderten sich nicht zu sehr, als sie erkannten, daß ihre Luftunterstützung niemand anderer war als Ohne Titel.

30.

Am Wasser

»Weißt du noch, was Mandelbaum über die sieben Schatten der Traurigkeit gesagt hat?« fragte die Frau den Mann. Der schüttelte den Kopf, nicht, weil er es nicht wußte, sondern aus anderem Grund: »Das kommt viel später in der Geschichte. Das gehört da noch gar nicht hin. Wir waren an der Stelle …«

»Du warst an der Stelle. Denn du bist dran«, erinnerte die Frau den Mann.

»Okay, ich war an der Stelle, als die Leute gerettet wurden, auf der Treppe.«

Sie saßen nackt beim Frühstück, weil es schon Mittag war und furchtbar warm. Der Tisch stand am Strand, hundert Meter weit vom Häuschen. Salzluft wehte vom Meer her und machte den Duft von frischgebackenem Brot und Kaffee noch reicher.

Rosalie und Hendrik waren eben erst aufgestanden, weil sie einander gestern nacht Geschichten erzählt hatten, bis die Sterne gegen den im Dämmer aufflammenden Himmel verblaßt waren.

Jetzt wollte Rosalie wissen, wie Hendriks Teil der gemeinsam ausgesponnenen Erzählung weiterging: »Ohne Titel also – aber warum haben die Federtypen sich zurückgehalten, und weshalb diese Armee auf der Brücke? Das ist doch überfaul, Hendrik. Das hast du doch nur so gedreht, damit du dir nichts drüber ausdenken brauchst, wie die sich auch noch einmischen.«

»Nö, Quatsch«, verteidigte sich Hendrik, riß einen Batzen Brot ab, stopfte ihn sich in den Mund, kaute lange. Rosalie legte den Kopf schief, grinste aber sehr.

Hendrik schluckte und verriet ihr: »Es gibt einen Grund dafür, daß die sich nicht eingemischt haben. Den weiß Ohne Titel und erzählt ihn deinem Vater und den andern gleich. Es hängt damit zusammen, daß der von Pütterwitz ein hoher Offizier in der jenseitigen Armee des Geldes war.«

»Wie praktisch«, zweifelte Rosalie.

»Sag' du mir lieber«, konterte er und reichte ihr den Honig, »wann wir endlich wieder selber vorkommen. Ich find' uns so süß, als Teenager.«

Sie waren beide dreißig Jahre alt.

Eine der ersten Ideen für die wilde, gemeinsam ausgesponnene Geschichte über den Stoffhasen, den sie bei ihrem Einzug ins verlassene Strandhaus auf dem Nachttisch im Schlafzimmer gefunden hatten, war die gewesen, sich selbst in dieser Geschichte deutlich zu verjüngen.

»Wir könnten uns natürlich auch so einbauen, wie wir jetzt sind«, neckte Rosalie, »als erfahrende Reisende durch tausend Welten, die sich am Ende vieler Abenteuer erklären wollen, wie sie eigentlich so weit gekommen sind, auf eine fast jungfräuliche Welt, an einen Ozean, der genauso aussieht wie der Atlantik, den das Mädchen Rosalie damals mit ihrem Vater …«

Hendrik hob abwehrend die Hände: »Schon gut. Ich will vor allem wissen, was aus Clea wird.«

»Vielleicht, oho, ist das hier nur ein Durchgang«, sagte Rosalie mit tiefer, albern drohsamer Stimme, »uuaaah – eine Illusion, oder eine Zeitverschiebung, irgend so was, nachdem uns Mandelbaum seinen Betäubungscocktail verabreicht hat. Vielleicht glauben wir nur, wir wären dreißig, und Clea liegt oben«, sie nickte zum Haus hin, »noch immer im Koma, mit Mandelbaum daneben, der aber nicht einfach ein stummes, von irgendeinem Kind hier zurückgelassenes Stofftier ist, sondern der Zauberhase, der er war, vor so langer Zeit, und der er bleibt.«

»Mir wird schwindlig von deinen Behauptungen«, sagte Hendrik. »Und richtig Hunger habe ich eigentlich auch nicht.«

Er spielte mit den Zehen unterm Tisch an ihren. Feiner weißer Sand spielte gern mit.

»Ich genausowenig«, gab Rosalie zu.

»Dann erzähl' doch nachher weiter«, schlug Hendrik vor, »laß uns lieber schwimmen gehen.«

»Hast recht. Erste!«

So sprang sie auf und rannte lachend, mit wehenden Haaren, zur weißen Brandung, in die lustige Gischt.

31.

Erscheinung und Wesen

Als Werner Holbach am dritten Tag nach der Plombierung Deutschlands um siebzehn Uhr wie schon an den völlig identischen drei Tagen zuvor denselben Kurzaufmacher über französische Sommer-Kulturfestivals redigiert hatte, den er seit drei Tagen jeden Vorabend um dieselbe Zeit redigierte, obwohl er dabei stets wußte, daß dieser Text nie gedruckt werden würde, weil morgen und in alle Ewigkeit dasselbe Blatt erscheinen mußte, das auch heute erschienen war, merkte er plötzlich, daß sich etwas verändert hatte.

Die Luft schmeckte nicht mehr richtig nach Büro. Das Blau über den Dächern draußen war rötlich geworden. Die Neonröhre knackste nicht wie sonst.

Die Gesamtveränderung war winzig, aber der Journalist hatte gelernt, daß es Veränderungen von dieser Sorte waren, auf die das Adjektiv »weltbewegend« oft besser paßte als auf Haupt- und Staatsaktionen. Er tat, was Intellektuelle tun, wenn sie merken, daß Bedeutsames vor sich geht: Er fing an, sich etwas vorzumachen. »Geht wieder weg. Macht nichts. Ein Irrtum.«

Es ging aber nicht weg.

Er stand also vom Stuhl auf, sah sich im Zimmer um. Fand keine Gründe. Sank hinab zum Boden, auf alle viere, und horchte an seinem Computer, ob vielleicht dort der Anlaß dessen zu finden war, was nicht stimmte. Erneut gab es keinen Befund. Die Tür zu Holbachs Büro war verschlossen. Er wollte nicht auf den Gang gehen, um die Kollegen zu fragen, was geschehen war. Als sein Blick beim Herumsuchen (fehlte ein Buch, eine Zeitschrift?) am Fenster hängenblieb und er sah, daß einige mittelweit entfernte Hochhäuser sich leicht zu krümmen begonnen hatten, glaubte er zu wissen, was tatsächlich vor sich ging.

»Also doch«, sagte der Redakteur zu sich selbst. »Wer hätte das gedacht. Es ist instabil. Sie drehen dran. Sie kriegen es vielleicht kaputt. Kurios.«

Er hätte gern gewußt, wer genau »sie« waren: Mandelbaum, der ihm im Traum erschienen war, mit irgendwelchen Menschen, die ihm halfen? Oder doch eher der Kamikäse, ein anderer Nachtspuk?

Holbach wollte, wenn denn schon das plombierte Land von innen angegriffen wurde, unbedingt Zeuge des Ausgangs der Sache sein. Am besten, dachte er, verschafft man sich einen Überblick von hoch oben.

Er öffnete das Fenster, stieg hinaus und kletterte wie eine Spinne die Fassade des Redaktionsgebäudes der Erhabenen Zeitung hinauf. Daß er hinunterfallen konnte, kümmerte ihn nicht: Die Straße lag, wie das ganze Gebäude, auf einem Meridian des von sich selbst verschluckten Landes, er konnte nicht sterben, sondern würde sich sofort wieder zusammensetzen, wenn er denn fiele. Er fiel nicht, sondern erreichte das Dach. Der Geist Joseph Schumpeters wartete bereits auf ihn. Bei ihm stand Professor Kilian, Hendriks Vater, wieder ganz er selbst. Der Gelehrte räusperte sich, als Holbach das Dach betrat.

»Ach, der Herr Journalist«, sagte Schumpeter mit einem Messerspitzchen Vorwurf in der Stimme. »Sie haben es also auch bemerkt. Die Lage ändert sich. Darf ich vorstellen – ein Kollege von mir. Er erinnert sich nicht, was er gelehrt hat, aber er ist Professor.«

Kilian begrüßte stotternd und stammelnd den Journalisten, dieser begrüßte die beiden Wissenschaftler. Dann sahen sie in Richtung des Turms, in dem das Geld wohnte.

»Man kann den Kern der Angelegenheit beobachten, von hier aus«, stellte Schumpeter melancholisch fest, »aber nicht erreichen.«

»Ja, äh, ich, wenn Sie die mythologische, die die die archäologische Trope gestatten wollen, ich fühle mich, hrrm, schon ganz wie wie wie der von Freud einst so … so … wie Moses«, versuchte Hendriks Vater einen schwachen Scherz.

Der Zeitungsmann sagte: »Das ist aber kein gelobtes Land, da drüben.«

»Sondern?« fragte Schumpeter.

»Sondern im Gegenteil«, antwortete Holbach.

32.

Bannmonster

Hilde Pinguin war stets eine anpassungsfähige Frau gewesen. Nicht zuletzt dieses Charakterzugs wegen hatte das Geld sie zur Mutter seiner sterblichen Tochter erwählt und seine ganze Willenskraft und Klugheit eingesetzt, um den Umstand vor der Außenwelt zu verbergen, daß die unverheiratete, aber sehr vermögende Frau ihren Reichtum aus reichlich mysteriösen Quellen bezog.

Nach der Plombierung des Landes hatte sie eine Weile gebraucht, zu ihrer alten Flexibilität zurückzufinden.

Als aber dem Kamikäse ihre Entführung aus dem transzendenten Diesseits ins immanente Jenseits geglückt war, kam Hilde Pinguin mit ihren Umständen endlich wieder zurecht.

Zum einen nämlich hatte der Käse nicht nur sein eigenes Racheprojekt mit dieser Grenzüberschreitung ein gutes Stück vorangebracht, sondern auch Hilde Pinguins unmittelbar dringlichstes Problem gelöst: Hunger und Durst waren hier drüben, merkte sie nach wenigen Minuten, einfach verschwunden. Ausgeruht, gestärkt, sogar angriffslustig fühlte sie sich.

Zum andern aber war der weite Weg, den sie seit ihrer Verschleppung aus der Villa, in die sie mit Professor Kilian eingebrochen war, hatte zurücklegen müssen, offenbar wirklich zu Ende, wie ihr der Käse in dem großen, leeren, von mildem Licht erfüllten Gewölbe, in dem sie auf der anderen Seite eintrafen, erregt versicherte: »Wir sind drin! Mittendrin! Wer braucht Karten?

Spürt man's nicht? Wir sind im Turm des Großen Satans! Nun, noch müssen wir nach oben, wo er wohnt. Aber in einem Empfangszwischengeschoß, schmeck's, Ungläubige, sind wir. Nicht weit von seinem Nistplatz!«

Hilde Pinguin, die schon einmal hier gewesen war, fühlte sich nicht als Einbrecherin, sondern seltsam sicher. Sie wußte zwar nicht, weshalb, denn ihren früheren Besuch hatte sie vergessen. Die Kühle der Halle aber wehte sie freundlich an, friedlich, besänftigend; die Stille atmete etwas Mütterliches.

Weniger still war der Käse: »Die aber versuchen, unsere Zeichen zu entkräften, sie sind es, denen eine Strafe schmerzlicher Pein wird! Ich weiß, was ich wissen muß, ich finde den Weg!« Als wäre das eine Aufforderung ans Gebäude gewesen, sich dem

Käse hinzugeben, glitt eine Steinwand beiseite. Vor die beiden Gäste trat ein riesiges, entsetzliches Ungeheuer mit Augen wie Leuchtturmlampen, einem Mund wie ein Scheunentor und Pratzen aus wütender Scheiße.

Es brüllte: »Röööhr! Du hast vielleicht gewußt, wohin du gehst! Aber nicht, was dich dort erwartet! Raahhhh!«

»Iihhh!« kiekste Hilde Pinguin. Der Käse stemmte zwei Fäustchen gegen den löchrigen Leib und rief trotzig: »Ich nicht, aber er, in dessen Namen ich hier bin, kennt alle Geheimnisse! Was willst du den Rechtschaffenen antun? Wer bist du, Brocken?«

»Gröööl! Ruuuug! ICH! BIN! DIE! BESTIE! SUMSILATIPAK!«

»Sumsi…«

»Sumsilatipak! Und ich werde euch Unterricht in Gehorsam erteilen! Buuuhh!«

Der Käse war drauf und dran, die dickste Ladung Dynamit, von der er sich je getrennt hatte, dem Ungeheuer in den Schlund zu werfen. Die Bestie Sumsilatipak aber schnappte nicht nach ihm, schlug nicht mit Fäusten und stampfte auch nicht mit dem Fuß auf, um die Eindringlinge zu zertreten. Statt dessen öffnete sie weit ihr Maul, in dem unlöschbare Feuer brannten, und fing an, mit den Augen zu rollen, daß Hilde Pinguin und dem Kamikäse zuerst schwummerig wurde und dann ganz anders. Wie nannte man diesen Zustand? Geborgen?

Glücksbehaucht?

Das Monstrum hatte sie in seinen Bann gezogen.

Es gab kein Entrinnen.

33.

Anschleichen

»Brrr!« machte Rosalie und schlang beide Arme um ihren Leib.

»Was ist denn?« fragte Hendrik.

»Ich bin … mir ist kalt, und ich bin naß hier im … Meerwasser?« Rosalie stutzte. Sie befand sich mit Hendrik, der die bewußtlose Clea auf den Armen trug, und Mandelbaum, der auf Rosalies Schulter saß, in einer kleinen Kammer mit metallenen Wänden und greller Deckenbeleuchtung. Nirgends war Meerwasser.

»Wovon redest du?« wollte Hendrik wissen.

Rosalie schüttelte den Kopf: »Mir war grad, als ob ich … schwimmen gehen würd'. Als ob das Meer braust.«

»Wir kommen nicht vom Meer, sondern vom Frankfurter Hauptbahnhof, Röschen«, sagte Hendrik. Er fragte sich, ob Rosalie vielleicht noch von der Übergangstrance benommen war. Er selbst hatte eben erst die Augen geöffnet. Ihm war das Licht im verwunschenen Hüben tausendmal greller vorgekommen als eben noch am Fuß der Rolltreppe.

»Wo genau sind wir jetzt? Oder weißt du das gar nicht?« erkundigte sich Hendrik.

Mandelbaum antwortete: »Doch, das weiß ich. Wir sind an einem Ort, an dem eigentlich alle Gebrechen, die uns in der äußeren Welt hemmen und lähmen, aufgehoben sind – nur eben nicht diejenigen, die mit der Verbindung zwischen dieser inneren und jener äußeren Welt zu tun haben.«

»Deshalb ist Clea immer noch futsch!« rief Rosalie, und Hendrik setzte säuerlich hinzu: »Meine Hand spür' ich auch nicht mehr. Es zieht langsam in den Arm rein. Wär' schön, wenn man bald was dagegen machen könnte, Mister Hase.«

Der Angeredete piepste entschlossen: »Darum habe ich uns in den Turm verbracht, in dem das Geld lebt. Nicht direkt in seine Gemächer freilich, und auch nicht in die große Empfangshalle. Man müßte tollkühn sein, dort einzudringen. Beide sind mit Sicherheit bewacht, geschützt …«

»Du meinst, da hängen Kameras? Und in diesem Fahrstuhl nicht?« zweifelte Hendrik.

»Kameras kaum. So plump arbeitet das Geld nicht. Der Fahrstuhl hat andere Vorzüge.«

Rosalie und Hendrik wechselten skeptische Blicke.

Mandelbaum schaute zum oberen Rand des Aufzugtürrahmens, wo eine Anzeige rasch wechselnder Ziffern verriet, in welchem Stockwerk sich die Kabine befand:

23 … 24 … 25 …

»Wohin fahren wir?« fragte Rosalie.

»Zur Empfangshalle.«

»Aber du hast doch eben gesagt …«

»Anschleichen. Die Aufzugtür wird sich, wenn wir anhalten, erst öffnen, wenn ich es sage, weil ich das Codewort weiß. Dann linse ich raus. Ich bin klein. Ich falle nicht auf. Und wenn es mir da nicht gefällt …«

»Hauen wir wieder ab. Anderes Stockwerk«, Hendrik hatte den Plan verstanden.

»Oder wir verlassen das Gebäude ganz und gehen auf die Brücken, obwohl dort Aktuatoren unterwegs sind, gewöhnliche und gefiederte, sowie Sendboten von Sumsilatipak.«

»Susisa…? Wer ist Susi?« fragte Rosalie, aber Mandelbaum zischte »Pssst!«, weil er wußte, daß der Fahrstuhl gleich anhalten würde.

Es gab einen Ruck. Das Zifferblinken erlosch.

Die drei hielten die Luft an, weil der Halt zwar abrupt, aber sanft war und sie nicht wie erwartet zusammenstauchte. Dann sagte überraschenderweise Clea das erste Wort, wenn auch, ohne aus ihrer Bewußtlosigkeit zu erwachen: »Erdbeer ... dinger.«

Rosalie mußte leise lachen, weil das so absurd war, und Hendrik zischte: »Wär' schön, wenn's hier einen Ort gäbe, wo ich das Mädel mal ablegen kann. Die ist ganz schön schwer.«

»Pssst!« wiederholte Mandelbaum. Das war gar nicht nötig, denn sofort danach erstarb Rosalie und Hendrik jedes Wort im Mund, weil eine Dröhnstimme brüllte: »Gröööl! Ruuuug! ICH! BIN! DIE! BESTIE! SUMSILATIPAK!«

»Mist«, sagte Mandelbaum, »der Käse ist schon drin. Und in die Falle getappt.«

»Bitte?« fragte bibbernd Rosalie, aber Mandelbaum fuhr, statt ihr zu antworten, lieber den Aufzug an: »Runter. Sofort wieder runter! Fährst du wohl los!«

Es gab einen weiteren sanften Ruck, dann fiel man. Hendrik wollte etwas sagen, aber da traf ihn ein Schlag am Bein. Auch Rosalie und Mandelbaum wurden angestoßen und gegen die Wand der Kabine geworfen, als sich zwischen ihnen Ohne Titel aus dem Nichts entfaltete.

Das Kunstwerk erkannte den Hasen. »Oh. Du schon wieder.«

Hendrik war an der Fahrstuhlwand hinunter in eine kauernde Haltung gerutscht, Clea lag verkrümmt auf ihm. Ein Faden Speichel rann aus ihrem rechten Mundwinkel und tropfte Hendrik ins Gesicht. »Ge... Hey! Igitt!« schimpfte er. »Was denn nun noch?«

»Wüßte ich auch gern«, unterstützte ihn Rosalie.

Mandelbaum wandte sich an Ohne Titel: »Wieso hier? Wieso jetzt?«

»Ich hab' einen Schwung Menschen rübergeschmissen, die unbedingt in den Turm wollten. Hab' mich verschätzt, sie sind vor einer halben Stunde auf einer Brücke gelandet, ich muß wahrscheinlich gleich dahin zurück, um ihre Ärsche zu retten.«

»Aber vorher«, riet Mandelbaum, »bist du zur Sicherheit ein Stück in die Zukunft gesprungen und in den Turm, um nachzusehen, was deine Gruppe dort erwartet ... erwarten wird ... erwartet haben würde.«

»Gib dir keine Mühe mit korrekter Grammatik. Diese Zeitreisensoße ist das Allerletzte.«

»Du kannst durch die Zeit reisen?« staunte Rosalie.

»Klar. Ich bin Kunst, was denkst du denn? Wir können so was.«

Hendrik maulte: »Ja, toll, ihr seid die weltübergeilsten Klugscheißer der ganzen Abteilung, aber was machen wir jetzt, bitte? Und was war das für ein Gebrüll gerade?«

»Das war die Bestie Sumsilatipak«, stellte Mandelbaum fest, und Ohne Titel pfiff beeindruckt: »Echt? Das Oberungeheuer?«

»Ein Ableger des Muttertiers, nehme ich an. Das Geld hat's abgezwackt, als es Deutschland plombiert hat«, mutmaßte der Hase.

»Ich hab' wieder mal keine Ahnung, wovon ihr redet, aber folgen wir eigentlich noch dem Plan?« fragte Rosalie.

»Ich schlag' euch einen neuen vor, wenn's recht ist«, sagte der Freund aus Stangen, Leinwand, Holz und Farbe. »Halt! Stop!« rief Mandelbaum, aber nicht zu Ohne Titel, sondern zum Fahrstuhl, der diesmal abrupt hielt und damit Hendrik samt Clea auf Ohne Titel warf.

»Was sind denn das für Versehrte hier? Könnt ihr nicht gerade stehen?« beschwerte sich das Kunstwerk.

Rosalie, die Hendrik und Clea wieder von ihm wegzog, antwortete entnervt: »Sie hat vergammeltes Geld geschluckt, und er hat's angefaßt, okay?«

Ohne Titel fiel aus der senkrechten Kammer. Der Gang, den es betrat, war neonhell und eierschalenfarben.

»Was? Geschluckt? Hölle!« stöhnte das Kunstwerk und stellte sich schräg, damit Clea runterrutschen konnte, zu Hendrik und Rosalie.

Mandelbaum, der sich bei dem Gezerr nur schwer an Rosalies Jäckchenkragen festhalten konnte, warf atemlos ein: »Wir sind auf einem der Zwischengeschosse. Hier gibt es nur Büros. Verlassen, wahrscheinlich nicht überwacht. Die Leute sind alle entweder tot oder zu Aktuatoren geworden.«

»Wohin?« fragte Hendrik, der Clea mit Rosalie trug.

»Geradeaus. Dann die erste Abzweigung links«, sagte Ohne Titel.

»Du kennst den Gebäudeplan?« staunte Rosalie. Ohne Titel erwiderte: »Noch mal: Ich bin Kunst. Das heißt, ich kenne jede Lagegeometrie, überall. Ich sehe an dieser Wand da drüben schon, daß um die Ecke vier leere Räume sind und daß der erste davon am besten geschnitten ist, mit genug Platz für uns alle.« Mit diesen Worten stelzte es den dreien voran, die schweigend folgten.

Der Raum, zu dem Ohne Titel sie führte, war tatsächlich großzügig angelegt. Er bot viel Platz zwischen einer schweren ledernen Sitzgruppe und einem massiven Schreibtisch mit dicker Glasplatte. Der erste Blick durch die außen verspiegelten, innen milchkaffeefarben getönten Panoramascheiben raubte Rosalie und Hendrik den Atem: Gewirr der Brücken in alle Richtungen, unabsehbar weit, an Pfosten aufgehängt oder auf schlanke Säulen gezogen, die im schwarzen Nichts verschwanden, darüber ein irisierendes Firmament.

»Heller, als ich dachte. Der Himmel«, sagte Mandelbaum. »Es sollte eigentlich stockdunkel sein hier, eben auch optisch unbewußt.«

»Die verkehrte Leuchterei hat das Geld verschuldet«, erläuterte Ohne Titel. »Wenn wir die Abdichtung rückgängig machen können, wird's wieder gnädig finster da draußen. Und diese Leute da verschwinden dann auch.«

Das Kunstwerk deutete auf die Brücken in der Nähe des Turmes. Man sah im Blauroten große Gruppen von Aktuatoren und Nachtwandlern wimmeln, schwarz wie Marienkäferpunkte.

Hendrik riß sich als erster von dem Anblick los und fragte Ohne Titel: »Also, der Plan?«

»Zunächst müssen wir was wegen euch beiden unternehmen. Die Komatöse und du – ihr wißt, daß das fortschreitet und ihr am Ende so zermatscht sein werdet wie die Knete?«

»Wußte ich nicht«, sagte Hendrik mit Seitenblick auf Mandelbaum und wischte sich den Schweiß von der Stirn, was Rosalie sexy fand, obwohl sie nicht wußte, daß »sexy« das treffende Wort für die Empfindung war, die sie da küßte.

»Ich wollte dich nicht beunruhigen. Aber wir sind unter anderem hierhergekommen, um irgendeine Hilfe …«, setzte Mandelbaum zur Selbstrechtfertigung an. Hendrik winkte ab, und Ohne Titel sagte: »Irgendeine Hilfe ist gut. Bei dem Mädchen kann man eigentlich nichts anderes mehr machen, als sie auf Eis zu legen. Und bei dir, mein Junge, ist es furchtbar einfach.«

»Ach?«

»Ja. Wir sind hier schließlich im Turm, am monopolaren Nabelpunkt des Netzes. Daß dir das noch nicht eingefallen ist, wundert mich, Hase.«

»Polpunkt … natürlich …«, murmelte Mandelbaum.

»Geht das auch für Laien, auf deutsch, ohne Polpunkt, furchtbar einfach und so?« drängelte Hendrik.

Rosalie betrachtete Clea mitleidig: Was bedeutete »auf Eis legen«? Es hörte sich nicht gut an.

»Erst mal hängt alles davon ab, mit wie vielen Gegnern außer dem Geld selber wir's zu tun haben«, sagte Ohne Titel.

»Und mit welchen Sorten von Gegnern«, gab Mandelbaum zu bedenken.

»Wie meinen?« fragte Ohne Titel.

»Nun ja, nach allem, was ich weiß …«

»Und du weißt ja fast alles«, konzedierte Ohne Titel mißmutig, worauf Mandelbaum nicht einging: »Jedenfalls ließ sich ermitteln, daß das Geld die Bestie Sumsilatipak hierher geholt hat. Ich nehme an, es beabsichtigt, die Monogenis-Verantwortlichen, die es erwischen kann, zu demütigen. Sie in seine Dienste zu zwingen.«

»Von Pütterwitz. Bernd Vollfenster. Den Kanzler, der bis vor kurzem eine Frau war«, faßte Ohne Titel zusammen.

»Was hat mein Vater damit zu tun, und wieso kann Sumsel… dieses Brüllddings ihn demütigen?«

»Dein Vater«, sagte Ohne Titel, »den ich vor schmerzhafter und hässlicher Hexenchirurgie bewahrt habe und mit dem ich stundenlang unterwegs war, um einen Weg zu diesem Ort hier zu finden, gehört, wenn auch mit besten Absichten und ohne Arg, zu den Leuten, die Deutschland abgedichtet haben. Das Geld empfindet das im Grunde als Anmaßung, als Zumutung, und hat ihnen darum das Projekt entrissen, als wiederum andere Menschen auch noch die sterbliche Tochter des Geldes entführt haben …«

Beim Wort »entführt« regte sich was auf Hendriks Gesicht. Allerdings konnte er nicht glauben, was er ahnte, und behielt es deshalb für sich.

»Und Sumsilatipak«, nahm Mandelbaum den Faden auf, »ist ein Bannmonster. Ein Zwangsungeheuer. Es kann Menschen seinem Willen unterwerfen, oder dem Willen seines Herrn. Es hypnotisiert die, auf die es eine Wut hat, und zwingt sie, als hirnlose Zombies vor sich hin zu wackeln.«

»Das Dumme ist, es klappt nicht nur bei Menschen, sondern auch bei dir und mir«, seufzte Ohne Titel, und Mandelbaum ergänzte: »Sowie beim Kamikäse, wenn mich nicht alles täuscht … ich denke, ich habe ihn vorhin im Aufzug gerochen. Er war in der Halle, oben, mit Sumsilatipak.«

»Wer oder was ist denn jetzt auch noch der Kammerkäse?« fragte Rosalie, aber Ohne Titel schnitt ihr das Wort ab: »Also wen haben wir? Das Geld selber. Dann Sumsilatipak. Dann die Hypnotisierten, die sich Sumsilatipak schon vorgeknöpft hat … von Pütterwitz wahrscheinlich, den Ingenieur von Monogenis, und eventuell den Käse und wen immer der Käse bei sich hat … außerdem einen Haufen Aktuatoren auf den Brücken und vielleicht auch im Gebäude … das wird happig. Denn wir müssen ja zweierlei erledigen, und wenn sie uns daran hindern wollen …«

»Nämlich was? Was müssen wir machen?« fragte Hendrik und verzog, als er die kranke Hand lässig in die Hosentasche zu stecken versuchte, in unvollkommen unterdrücktem Schmerz das Gesicht. Es tat also richtig weh, dachte Rosalie und hatte jetzt große Angst um ihn.

»Erstens«, begann Ohne Titel sachlich, »müssen wir das Geld dazu bringen, daß es Deutschland losläßt. Daß es die Meridiane nicht mehr zusammenhält, daß es nicht jedem Versuch, die neue Ereignistopologie zu öffnen, Widerstand entgegensetzt.«

»Und wenn … falls wir das schaffen«, fuhr Mandelbaum fort, »bleibt immer noch die Aufgabe, diese Geschichte, in der alles auf sich selbst zurückgeworfen, zurückgebogen wird, tatsächlich wieder zu öffnen.«

»Der erste Teil fordert von uns, daß wir siegen. Der zweite Teil – falls wir den ersten packen – fordert von uns, daß wir etwas opfern«, stellte Ohne Titel fest, aber bevor Hendrik oder Rosalie fragen konnten, was damit gemeint war, lenkte Mandelbaum hastig ab: »Darüber machen wir uns Gedanken, wenn wir das Geld tatsächlich stellen und besiegen können. Jetzt sollten wir erst etwas für Hendrik und Clea tun … soweit das geht.«

»Ich kann«, bemerkte Ohne Titel trocken.

»Nämlich?« fragte Hendrik.

»Das Mädchen leg' ich, wie gesagt, auf Eis.«

»Wie?«

»Indem ich sie aus der Zeit herausnehme. Die Zeit ist nämlich gegen sie: Je länger der Prozeß fortschreitet, desto kränker wird sie. Also nehme ich sie raus aus dem Zeitfluß, zack.«

»Wie soll das gehen?«

»Ich falte sie in mich rein. Kunst, verstehst du? Zeitlosigkeit. Leg' sie drauf, ich nehm' sie auf.«

»Quadratisch, praktisch, unbegreiflich«, höhnte Hendrik, aber Mandelbaum versicherte: »Das geht wirklich. Es funktioniert.«

»Und ich? Geht's noch? Falten wir mich auch ins große Dings?« Hendrik wedelte – nicht glücklich, eher kurz vor der Eruption – mit seiner Hand, die ungesund halbtransparent aussah: Adern zeichneten sich ab, Muskeln und Knochen schimmerten durch Haut und Fleisch.

»Nö«, sagte Ohne Titel, »dir beiß ich bloß die Hand ab.«

»Wie bitte?«

»Es hat sich ja noch nicht ausgedehnt, greift nur ganz langsam auf den Rest des Körpers über.«

»Ach so«, blaffte Hendrik, »na dann, okay, dann beiß mal schön, weg mit der Pfote, braucht man nicht, hab' ja zwei davon oder was.«

»Beruhige dich, Hendrik«, schaltete sich Mandelbaum ein, »so schlimm ist das nicht. Wir sind hier, wie schon festgestellt …«

»Oh, 'tschuldigung, daß ich mich so aufrege, kommt nicht wieder vor, ich dachte nur, Hand abbeißen, klingt halt übel, aber wenn du sagst, daß ich mich BERUHIGEN soll, dann BERUHIGE ich mich natürlich sofort, kein Grund zur Panik, besser Arm ab als arm dran und alles … aber nur mal nebenbei gefragt: Sagt mal, HABT ihr sie eigentlich noch alle, ihr Hasen und Gerüste und Sumsibrumsi und wie ihr sonst heißt? TRÄUME ich diesen ganzen … bescheuerten …«

Rosalie legte ihm die Rechte auf die linke Schulter. Clea würgte, hustete.

»Wir sind am Sammelpunkt aller Meridiane. Du bleibst intakt, was immer ich dir abbeiße«, stellte Ohne Titel fest, »vorausgesetzt, du folgst der Linie versetzt gegen die zeitstabilisierende Drehung der inneren Wandung ihrer selbst.«

»Hä?«

»Wenn du entlang einem Meridian nur einmal den Gang raufgehst, zweimal durch dieselbe Tür, einmal hin, einmal her, dich dann einmal komplett wendest, wie eine Achse, was in Wirklichkeit in sieben Dimensionen passiert, weil du hier am Pol bist, dann hast du deine Hand wieder, so wie sie war, als das Land plombiert wurde. Die echte Hand wächst sozusagen nach, wenn ich die verseuchte aus der Zeit rausnehme – wegen der Energieerhaltung.«

»So, so«, sagte Hendrik, immer noch sauer. »Toll.« Alternativen gab es, wie nach weiteren fünf Minuten erhitzten Wortwechsels klar wurde, gar keine.

»Also? Ich muß zurück in der Zeit«, betonte Ohne Titel. »Wenn ich auch nur ein, zwei Leute aus meiner Gruppe durchbringen kann, in den Turm …«

»… und wir unsere Kräfte vereinen …«, ergänzte Mandelbaum.

»… dann hätten wir noch eine Chance«, beendete das Kunstwerk sein Argument.

Hendrik seufzte, Rosalie auch.

Dann legte der Junge seine Hand auf das Kunstwerk und sagte: »Also schön. Strenggenommen träume ich diesen ganzen Mist ja wie gesagt sowieso bloß, oder?«

»Bis auf dein ›bloß‹ ist das richtig«, sagte Mandelbaum.

»Prima. Okay. Also, ziehen wir's durch.«

»Soll ich?« fragte Ohne Titel, immerhin höflich.

»Guten Appetit«, sagte Hendrik.

34.

Erster Versuch

»Eine Säge, Kinder, wirklich, 'ne Kreissäge!« staunte der Exteufel.

Mit dem Werkzeug machte sich das UFO daran, methodisch die vordere Aufhängung des Tandems vom Zeppelin abzutrennen, während es mit dem zweiten Arm den Rucksack außer Reichweite des um sich schlagenden von Pütterwitz hielt und ihn mit dem dritten verprügelte.

Als die Aufhängung gekappt war, fiel das Tandem senkrecht nach vorn. Von Pütterwitz wurde aus dem Sattel gerissen und stürzte zappelnd und schreiend – es klang, als lachte er – ins Nichts. Der Pilot hielt sich noch an seinem Lenkrad fest, aber das mitleidlose UFO durchtrennte auch den zweiten Lebensfaden. Gestell und Steuermann verschwanden abwärts. Der Zeppelin entschwebte.

Das UFO beschrieb eine elegante Schleife und landete dann auf der Treppe, bei den fünf Geretteten.

»Vielen Dank für die Hilfe!« freute sich Bernd Vollfenster.

»Pappenstiel!« grummelte Ohne Titel. Der Kommunist setzte gerade zu einer herzlichen Erwiderung an, als die Kugeln der Aktuatoren und die Blasrohrpfeile der gefiederten billigen Menschen den Exteufel, die Exnuß und Vollfenster trafen.

Letzterer und der Exteufel wurden von den einschlagenden Projektilen bis zum Geländer der Treppe getrieben; Vollfenster stürzte darüber und folgte von Pütterwitz und dessen Piloten ins Nichts. Der Exteufel sank am Geländer zusammen, und die Exnuß blieb auf der Treppe liegen. Schon knickte auch der Exausgestoßene ein, und der Kommunist schrie auf, weil ihn etwas an der Schulter getroffen hatte.

Ohne Titel brüllte: »Macht, daß ihr die Treppe hochkommt!«

Es war zu spät: Die letzten beiden Menschen zuckten getroffen zusammen, ihre Glieder schlugen aus, sie kippten, fielen um. Auch Ohne Titel hätte beinahe etwas abbekommen, war aber schneller. Das Kunstwerk faltete sich reflexhaft zum dünnen Stock zusammen, der waagerecht stand, wo die Frankfurter gefallen waren.

»Scheiße«, sagte Ohne Titel. »Das hat's nicht gebracht. Also: neue Zeitreise. Zweitreise, sozusagen.«

Ein Lichtfaden blitzte, wo eben noch das Kunstwerk gestanden hatte, und die heranstürmenden Verfolger blieben, als sie begriffen, daß ihre Wut kein Ziel mehr hatte, einfach starr, wo sie waren, als hätte sie jemand per Fernsteuerung ausgeschaltet.

35.

Zweiter Versuch

»Eine Säge, Kinder, wirklich, 'ne Kreissäge!« staunte der Exteufel.

Mit dem Werkzeug machte sich das UFO daran, methodisch die vordere Aufhängung des Tandems vom Zeppelin abzutrennen, während es mit dem zweiten Arm den Rucksack außer Reichweite des um sich schlagenden von Pütterwitz hielt und ihn mit dem dritten verprügelte.

»Macht … Trepp… kommt!« schrie etwas von oben den Menschen auf der Treppe zu.

»Ist das dieses Ding? Spricht es?« fragte Vollfenster verdattert.

»Es spricht nicht, es schreit!« rief der Kommunist und gab den andern ein Handzeichen, sofort zu schweigen.

»… Treppe raufkommt! Ja, ihr da!« schrie das UFO, das dabei weitersägte und -prügelte, wenn auch nicht mehr ganz so engagiert wie eben noch. Es ist abgelenkt, weil es uns anspricht, dachte der Kommunist bestürzt, und leider nutzte von Pütterwitz seinen Vorteil.

Er hielt sein Gewehr jetzt nicht mehr als Knüppel, sondern wieder ordentlich, legte an und schoß auf den Kommunisten, den er direkt in die Stirn traf.

Eine Sekunde später war das UFO, das eben noch mit von Pütterwitz gerungen hatte, verschwunden.

36.

Mandelbaum mag nicht

»Findest du das wirklich eine gute Idee, daß wir ihn nicht begleiten?«

Rosalie knabberte immer noch an dem Anblick herum, den das Abbeißen von Hendriks Hand durch Ohne Titel geboten hatte: weniger grausam als befürchtet, ohne Blut und Fleischfetzen, aber doch verstörend. Der Stumpf am Handgelenk war glatt, mit Haut drüber, als hätte Hendrik seit Jahren, vielleicht von Geburt an, dort keine Hand gehabt. Weh schien es auch nicht getan zu haben: »Ist es fertig? Ich spür' nix!« hatte Hendrik gesagt, die Augen tapfer geöffnet, aber den Blick aus dem Fenster gerichtet, auf die schwindelerregende Brückenwelt draußen.

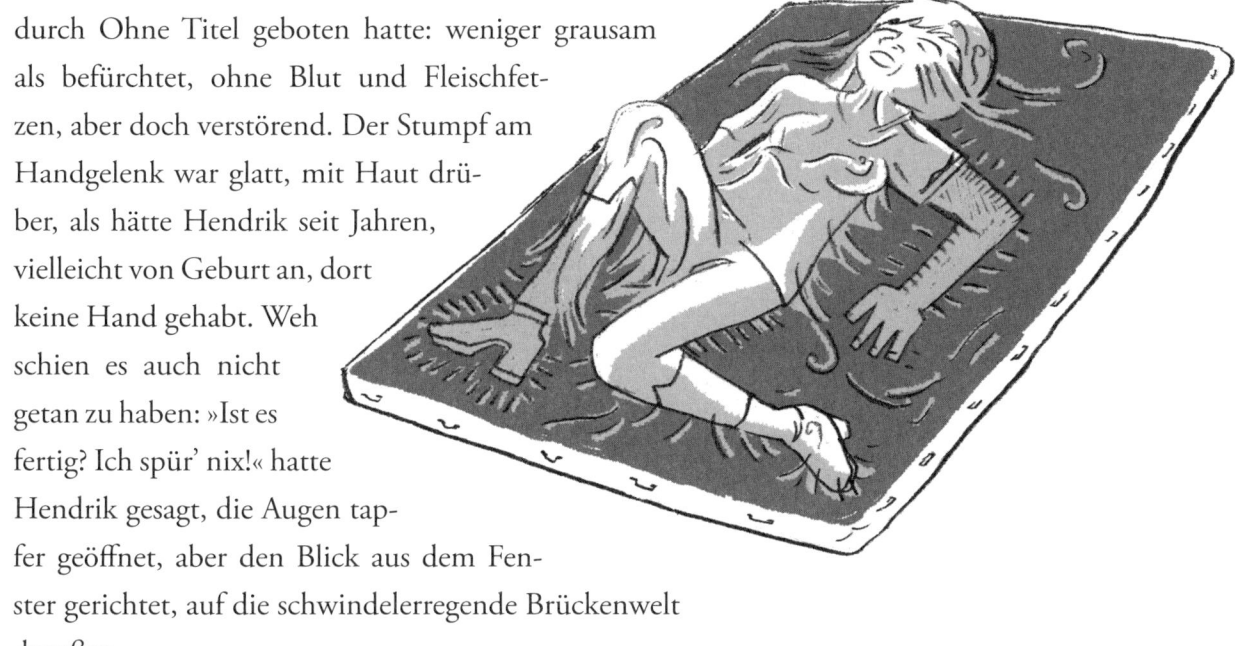

Ohne Titel hatte sich nicht dazu geäußert, sondern geschäftsmäßig angeordnet: »Jetzt legt das Mädchen auf mich, daß ich es einfalten kann.«

Hendrik hatte geholfen, eine Erholungspause war offenbar nicht nötig gewesen.

Und dann geschah etwas, mit dem verglichen die Abtrennung von Hendriks Hand ein alltäglicher Vorgang gewesen war. Falze flippten schmale Striche in alle Konturen an Cleas Körper, Linien rutschten, statt eng anzuliegen – »Was macht es da? Tut ja den Augen weh, hinzugucken!«

»Es verschiebt ihre Kompaktifikation«, sagte Mandelbaum, »das heißt, ich glaube, es fummelt irgendwie an der charakteristischen Massenskala derjenigen Zustände um Clea herum, deren Wellenfunktionen nichttrivial abhängig von ihren kompakten Dimensionen sind.«

Weder Rosalie noch Hendrik fragten nach. Zuviel davon war bestimmt schlecht fürs Hirn.

»Jetzt ist sie nicht mehr da«, sagte Rosalie schlicht.

»Genaugenommen müßtest du sagen: Dann ist sie nicht mehr jetzt. Aber lassen wir das«, schnarrte Ohne Titel »Ich sag' dir noch mal«, wandte das Werk sich an Hendrik, »wie und wohin du genau gehen mußt, um deine Hand zurückzukriegen.«

»Sehr verbunden«, meinte Hendrik und hörte dann aufmerksam zu, wie Ohne Titel ihm Instruktionen gab, inklusive »erst fünfundvierzig Grad nach rechts drehen, also in den rechten Winkel, dann zwei Schritte vor, dann wieder zwei zurück, dann noch mal fünfundvierzig zurück, erst danach geradeaus weiter«.

»Das macht doch gar keinen Unterschied, da kann ich doch gleich normal geradeaus …«, protestierte der Einhändige schließlich schwach. Ohne Titel grollte: »Mumpitz. Du machst es, wie ich dir sage, oder du kannst dir eine neue Hand kneten. Falls du hier Knete findest.«

»Ich dachte, Knete regiert den Laden«, erwiderte Hendrik. Das lahme Wortspiel war ein armer

Aufguß seiner alten Frechheit; den Rest der Anweisungen nahm er ohne Widerworte entgegen.

Sobald er zur Tür hinaus war – nicht mal nach mir umgedreht hat er sich, schmollte Rosalie –, hatte Ohne Titel sich verabschiedet und war genauso umstandslos verschwunden wie zuvor im Aufzug aufgetaucht.

Jetzt saß Rosalie im komfortablen Bürosessel eines verschollenen Finanzmanagers.

Sie hatte Mandelbaum vor sich auf den Tisch gesetzt und haderte mit ihrem Schicksal. »Ich mein', was ist, wenn er in seinem Zustand irgend so einem Monster begegnet, deinem Sinus, Simsalami … du weißt schon, oder den billigen Leuten?«

»Dann«, sagte Mandelbaum sanft, »ist es, und ich weiß, daß du das nicht hören willst – aber dann ist es, solange Ohne Titel nicht die versprochene Verstärkung hergebracht hat, wohl besser, wir begegnen dem Ungeheuer nicht auch noch. Wir können Hendrik helfen, und uns selbst, wenn wir mehr sind. Im Augenblick sind wir getrennt nicht schwächer als zusammen, weil wir viel schwächer gar nicht sein könnten. Wenigstens sind wir einzeln weniger leicht auf einen Streich zu überwältigen.«

»Typische Hasenlogik«, grummelte Rosalie. »Außerdem ist in seinem Zustand …«

»Sein Zustand ist auszuhalten, wenn ich's dir doch sage. Besser als je seit seiner Vergiftung jedenfalls«, ließ sich Ohne Titel hinter Rosalie hören, die zusammenfuhr. Als sie sich gefaßt hatte, drehte sie sich mitsamt dem Stuhl schwungvoll um und rief: »Wieder da, hm? Wo sind die andern?«

Ohne Titel klang zerknirscht: »Ich pack' es nicht. Es geht nicht. Ich kann die Leute nicht retten. Ich hab's zweimal versucht. Geht jedesmal schief. Ich hätte sie gar nicht auf die Brücke bringen dürfen, da sind zu viele Feinde. Aber jetzt kann ich sie nicht mehr an einen früheren Zeitpunkt schaffen als an den, an dem wir hier rein sind, in diese blöde Gegend. Kausalitätsverletzung halten die nicht aus, anders als ich.«

»Das ist richtig, wenn auch betrüblich«, stimmte Mandelbaum zu.

Ohne Titel knisterte: »Ich brauche Hilfe. Du mußt mitkommen«, das galt dem Hasen.

»Kannst du es nicht noch einmal alleine versuchen? Die Alternativen justieren …« Mandelbaum wand sich.

»Hör' zu, laß das, du weißt doch, ich werde immer unplausibler, je öfter ich das mache. Das ist auch eine Art von Erhaltungssatz: Ich kann nicht beliebig oft springen, bevor ich mich in meine Möglichkeiten auflöse.«

»Stimmt«, gab Mandelbaum zu, »so ist das bei euch, richtig, hatte ich vergessen.«

»Jetzt weißt du es wieder. Kommst du?«

Mandelbaum blinzelte zweifelnd vom Kunstwerk zu Rosalie und zurück.

»Geh' halt«, sagte Rosalie, »du hast mir ja selber gerade erklärt, daß es keinem von uns schlechter geht, wenn wir uns trennen.«

»Das war in ganz anderem Zusammenhang«, versuchte Mandelbaum einen kläglichen Rückzieher. Weil ihm aber nicht einfiel, wie dieses Argument weitergehen sollte, zuckte er mit den Schultern und sagte: »Schön. Ich komme mit. Aber wir gehen sofort wieder zum Turm, ja?«

»Meinst du, mir gefällt es da draußen? Brücken, die von nirgends nach überall führen – davon kriege ich eine Gänsehaut«, sagte Ohne Titel. Dann ließ es zu, daß Rosalie den Hasen auf seinen Rahmen setzte, und verschwand mit ihm.

37.

Zwei Sklaven

Die erste Aufgabe, mit der die beiden neuesten Marionetten der Bestie Sumsilatipak betraut wurden, war das Wacheschieben im Turm.

Auf den Brücken ging es nicht nach den Wünschen des Geldes zu, darum hatte es all seine Aktuatoren im dichtgemachten Deutschland verpflichtet, einzuschlafen und sich träumend und schwer bewaffnet zwischen den Pfeilern einzufinden, wo unterdessen immer mehr Schlafwandler, schwer Betrunkene oder sonstwie Verrückte aus der wachen Welt auftauchten und Unfug stifteten.

Das Geld wußte: Wenn die Benommenen schon hier herumtorkeln, dann sind auch andere nicht weit, die planvoll eindringen. Alle, die in Deutschland vom Monogenis-Vorhaben wußten und noch nicht vom Geld aus dem Spiel gezogen worden waren, konnten ihm gefährlich werden – Mandelbaum, der Kamikäse, Bernd Vollfenster, von Pütterwitz, ein paar Banker, Zeitungsredakteure und vielleicht Dritte, denen irgendwer aus der Primärgruppe inzwischen erzählt hatte, worum es ging.

Sie alle durften nicht in den Turm. Also waren die Brücken zu sichern und Erfassungs- sowie Aussonderungsmaßnahmen gegen Neuankömmlinge einzuleiten.

Das ließ, weil das Geld letztlich nicht allzu viele Leute hatte, den Turm als solchen weitgehend unbewacht, weswegen das Geld als persönliche Leibwache die Bestie Sumsilatipak an der kurzen Leine hielt und ihr befohlen hatte, eventuell auftauchende Eindringlinge nicht aufzufressen, sondern in Leibwächter zu verwandeln – ein Schachzug, auf den das Geld sehr stolz war.

Als erstes hatte es von Pütterwitz erwischt. Selbstbewußt und kriegsuntauglich, wie Forscher sind, hatte der allein und unbewaffnet mit Hilfe überlegen genauer eigener Berechnungen und einer Dosis Morphium sofort nach der Abdichtung Deutschlands den Weg in den Turm gefunden. Sumsilatipak war seiner mühelos Herr geworden.

Als nächstes waren Hilde Pinguin und der Kamikäse dem Biest vor die Hypnosescheinwerfer gestolpert.

Zu Hilde Pinguins Ehre muß gesagt werden, daß sie sich schwerer dreinfand als der Käse.

»Wer braucht denn uns, wenn man so ein Ungeheuer hat? Wie will denn wer an dem vorbeikommen?« nörgelte sie verstimmt, als Sumsilatipak sie und den Käse in den Aufzug geschoben und ihnen aufgetragen hatte, sogenannte Stichprobenkontrollen in den mittleren bis niederen Stockwerken durchzuführen. »Und zwar nach dem Schäubleprinzip!« schrie es.

»Wie?«

»Alles ist verdächtig!«

»Unsere Kräfte sind schwach, das ist wahr«, gab sich der Käse abgeklärt.

Die neue Leutseligkeit ihres Begleiters fand Hilde Pinguin schwer erträglich. »Jeder«, möhrte er, »muß seinen Teil beitragen, damit das Große Werk gelingt.«

Das Große Werk – war das die Abdichtung Deutschlands, die er als Sünde gegeißelt hatte, seit sie ihn kannte? Sie besaß alle ihre Erinnerungen und alles, was sie sonst war – das einzige, was ihr fehlte, war die Willenskraft, sich dem Befehl Sumsilatipaks zu widersetzen.

Als sie das erkannt hatte, verlegte sie sich vom bloßen Unzufriedensein aufs systematische Quengeln, während sie mit dem Käse einen langen Gang hinunter und wieder hinauf spazierte: »Wer soll das wollen? Sich mit dem Biest anlegen? Mit diesen Augen, diesem Maul? Diese Patrouille ist völlig überflüssig. Wir werden überhaupt niemanden erwischen.«

»Aha!« rief der Käse. Als er nach rechts um die erstbeste Ecke gegangen war, stand dort in einem engen Durchgang ein junger Mann und staunte seine neue Hand an.

»Hendrik? Hendrik Kilian? Was machst du denn hier?« rief die Millionärin verblüfft, als sie dem Käse ums Eck gefolgt war. Weiter kam sie nicht, denn der Käse freute sich so sehr darüber, daß er tatsächlich einen Unbefugten aufgespürt hatte, daß er vor Glück und Eifer explodierte.

38.
Dritter Versuch

Die Scheibe rempelte das Flugtandem an, der Pilot radelte und riß an seinem Steuer rum, von Pütterwitz gurgelte und kreischte, drückte noch einmal ab – wieder kein Treffer –, dann schlug die rechteckige Flugscheibe mit einem ihrer Greifarme gegen die Aufhängung der Gaszigarre. Noch einmal, und wieder, daß das Fahrrad zitterte.

Es war der angreifenden Seltsamkeit gelungen, das Gefährt über den Rand der Brücke zu treiben, wo der bodenlose Abgrund gähnte.

Von Pütterwitz begriff endlich, worauf das hinauslief, und geriet vollends außer sich – er hielt das Gewehr jetzt wie vorhin den Schläger, schwang es nach dem Objekt, das noch immer seinen geraubten Rucksack festhielt, konnte aber nichts dagegen tun, daß das Wesen jetzt einen dritten Arm ausfuhr, einen mit einer brummenden, zitternd weiß glänzenden Metallscheibe daran. Bevor jemand aus der Gruppe auf der Treppe feststellen konnte, daß das, was da glänzte, eine Kreissäge war – dem Exteufel lag's auf der Zunge –, fiel dem Kommunisten etwas anderes auf: »Da krabbelt ein Tier! Auf dem Ding! Da ist … das ist der Hase!«

Es war wirklich Mandelbaum, der dem fliegenden Kunstwerk jetzt den schweren Rucksack abnahm, ihn über die schwebende Fläche zog und dann, an den Trageriemen geklammert, damit absprang.

»Fang' ihn! Fang' ihn auf!« rief der Kommunist. Die Exnuß reagierte vorbildlich, erwischte den fallenden Hasen samt Rucksack tatsächlich mit beiden Armen, wäre aber fast nach vorn gekippt und die Treppe runtergefallen, wenn der Exteufel und Bernd Vollfenster sie nicht zurückgehalten hätten, so schwer waren Tier und Tasche.

»Schnell!« piepste Mandelbaum schrill, »packt die Waffen aus! Und dann die Treppe hoch – verschanzt euch am Geländer der Brücke da oben – macht euch schußbereit!«

»Wen sollen wir denn …«, setzte Vollfenster an, aber der Kommunist reichte ihm eine Armbrust und ein Bündel Pfeile mit explosiven Spitzen aus der Tasche und rief: »Auf der Brücke! Sehen Sie? Das sieht mir sehr nach Startlöchern aus! Die warten nur ab, bis der Luftkampf entschieden ist!«

Das rechteckige UFO machte sich mit seiner Kreissäge daran, methodisch die vordere Aufhängung des Tandems am Zeppelin abzutrennen, während es mit dem zweiten, der nun frei war und keinen Rucksack halten mußte, und mit dem dritten von Pütterwitz verprügelte.

Die Frankfurter teilten die Waffen aus dem Rucksack untereinander auf – Gewehre, Flinten, Blasrohre – und hasteten dann die Treppe hinauf.

Die Auseinandersetzung zwischen Ohne Titel und dem Zeppelintandem währte nicht mehr lange.

Als die vordere Aufhängung gekappt war, fiel das Tandem senkrecht nach vorn. Von Pütterwitz wurde aus dem Sattel gerissen und stürzte zappelnd und schreiend – es klang, als lachte er – ins Nichts. Der Pilot hielt sich noch an seinem Lenkrad fest, aber das mitleidlose UFO durchtrennte den letzten Lebensfaden, und damit verschwanden auch Gestell und Steuermann nach unten. Der Zeppelin entschwebte führerlos.

Leicht dahingleitend, wie ein besonders raffiniert gefaltetes Papierflugzeug, verfügte sich Ohne Titel souverän auf die obere der Brücken, ans Geländer rechts vom Treppenausgang, wo der Kommunist, der sein Leben lang vom Barrikadenkampf geträumt, aber nie einen erlebt hatte, gerade seine Leute in Stellung brachte.

Exteufel und Exnuß sicherten das linke Geländer; auf der Seite des Kommunisten hielt Vollfenster seine Armbrust fest, während der neben ihm kniende Exausgestoßene eine kompakte Panzerfaust geschultert hatte.

»Sie kommen ran, seht ihr's?« sagte der Kommunist. Ohne Titel kommentierte säuerlich: »Redest wie ein Feldherr, dabei haben sie euch die ersten beiden Male weggeputzt wie nasse Blätter.«

»Vielen Dank für die Rettung!« erwiderte der Greis.

Ganz so militärisch, wie sich der Kommunist das wünschte, war die kleine Truppe nicht aufgestellt, sonst wäre mit der Eröffnung von Kampfhandlungen gewartet worden, bis jemand – vermutlich der Kommunist selbst – das Zeichen dazu gegeben hätte.

Der Exausgestoßene wollte aber nicht länger warten. Als die beiden Horden aus Gefiederten und bunt Zusammengewürfelten sich bis auf Schußweite genähert hatten und also damit anfingen, die Treppe unter Feuer zu nehmen, drückte er auf den Abzug unten an der olivgrünen Metallröhre, die Vollfenster ihm ausgehändigt hatte. Der Einschlag war gewaltig.

Federn stoben, Ersatzteile schepperten.

»Ein großer Erfolg!« gratulierte Ohne Titel, während Vollfenster, Exnuß, Exteufel und der Kommunist erstaunt die Verwüstung betrachteten. Sofort ordneten sich die Angreifer neu. Mandelbaum rief: »Wir müssen los! Das heißt, wir müssen uns trennen.«

Das gefiel dem Kommunisten nicht: »Was heißt, wir müssen los, wieso?«

»Der Hase hat recht«, sagte Ohne Titel. »Ich hab' euch hochgeschickt, weil diese Brücke lang ist und etwa hundertdreißig Meter von hier die nächste Treppe kommt, dann sind wir schon fast beim Turm. Aber aus der Luft hab' ich gesehen, daß auch auf dieser Brücke schon welche unterwegs sind. Der Vorsprung vor denen da unten ist auch zu klein – jemand muß hierbleiben und sie aufhalten, damit der Rest weiterkommt.«

»Aber werden die, die hier die Stellung halten«, gab Vollfenster zu bedenken, »nicht von denen erwischt, die auf dieser Brücke schon unterwegs sind, wie du sagst?«

»Das«, sagte der Kommunist grimmig, »scheint mit einberechnet zu sein. Wer hier bleibt, soll sich opfern.«

»Toll. Dafür hab' ich meinen Servicewagen stehen lassen«, schimpfte der Exteufel, der gleichwohl tapfer schoß und manchmal traf.

»Es spielt sowieso keine Rolle«, sagte Ohne Titel brüsk. »Wenn wir schaffen, was der Hase vorhat, ist alles wieder wie vorher. Dann seid ihr nie hier gewesen, es wurde nie geschossen und so weiter – egal, ob ihr jetzt draufgeht oder nicht. Und wenn wir es nicht schaffen …«

»Dann können alle, die wirklich sterben und nicht endlos wiederkommen, um immer nur dasselbe durchzumachen, wahrscheinlich noch von Glück reden«, führte Vollfenster den Gedanken zu Ende.

»Also gut. Wer bleibt, wer geht?« fragte die Exnuß. Erst wollte das keiner entscheiden, dann schlugen alle Menschen der Reihe nach sich jeweils selbst vor. Schließlich bellte Ohne Titel in den anschwellenden Schlachtenlärm: »Wenn wir noch lange rummachen, ist unsere Munition alle. Vollfenster schießt, als hätte er das noch nie gemacht.«

Rosalies Vater verteidigte sich: »Ich hab' das ja auch noch nie gemacht.«

»Ja, aber die andern auch nicht, und die schießen besser«, sagte Ohne Titel. »Egal, du, Mandelbaum und der Opa, ihr kommt mit. Du bist nicht kriegstauglich, kennst aber die Monogenis-Soße. Und der Opa hat immerhin ein waches Hirn.«

Der Kommunist widersprach zornig: »Ich habe diese drei Leute hier angeworben, damit sie den Widerstand organisieren, und nicht, damit sie auf irgendeiner Brücke im Nimmerland die Stellung halten.«

»Wenn sie auf dieser Brücke im Nimmerland lange genug die Stellung halten, dann *ist* das der Widerstand«, sagte Ohne Titel.

Damit war es entschieden.

39.

Fragmentflirren

Der große Knall, mit dem der Kamikäse entzweiging, fuhr Rosalie als gewaltiger Schreck in alle Knochen. So erschüttert war sie auf ihrem Drehstuhl, daß sie ganz vergaß, wie allein sie war. Deshalb sagte sie: »Was war das? Geht jetzt die Welt unter?«

Als ihr klar wurde, daß niemand, weder Mensch noch Hase, antworten würde, stand sie auf, ging zur Tür, öffnete sie vorsichtig, linste hinaus und fand einen Flimmerschimmer am Ende des Gangs. Es war dasselbe Flirrwallen und Leuchtweben, das vor wenigen Stunden Hilde Pinguin in einer weltenweit entfernten Villa bezaubert hatte.

Als Rosalie vorsichtig um die Ecke trat, hinter der sie die Quelle des bewegten Glanzes vermutete, hörte sie Hendrik, den sie nicht sah, weil das Gleißen ihn verdeckte, heiser rufen: »Nicht näher-kommen! Bleib' da drüben!«

»Hendrik? Was ist das? Alles klar bei dir?«

»Ich glaub' schon. Da war … da waren zwei … Frau Pinguin und ein Käse, die …«

»Cleas Mutter? Wo, hier drin?«

»Was glaubst du denn, wo, auf der Love Parade?«

Etwas Schönes, das zugleich schrecklich war, passierte vor Rosalies Augen. Direkt hinsehen konnte sie nicht; knapp dran vorbeizugucken war berückend genug. Gelbes und Rotes, Gesten, Musik, das blitzte und sang in der verteilten, lebendigen Gesamtheit ums Licht, dann zerfloß es wieder und war weg. Verbunden schienen die einzelnen Eindrücke durch ein unbeschreibliches Medium, in dem sie schwammen und das all die Fragmente aufeinander bezog, zueinander drängte. Was war das: Milch?

»Hendrik?«

»Ja doch! Paß auf … Ich sag' dir, wie wir's machen. Ich habe doch diesen komischen Lageplan im Kopf, den mir das Bild-Dings erklärt hat. So. Ich gehe jetzt durch die Tür links. In dem Raum da dreh' ich mich einmal um mich selbst. Dann laufe ich rückwärts bis zur zweiten Tür, dann soll ich wieder auf dem Flur sein, auf dem ich hergekommen bin. Angeblich. Von da aus geh' ich weiter, bis ich zu dir komme. Und du rührst dich nicht von der Stelle, ja? Sonst verfehlen wir uns, und das wollen wir nicht, richtig?«

»Okay, aber … Was ist hier eigentlich passiert? Was ist das für'n Licht?«

»Das … es sieht aus wie das, was mit meiner Hand passiert ist, als sie … als ich sie wiedergekriegt hab'. Aber es klappt nicht, es hängt irgendwie, es geht viel langsamer als bei mir, es … ähm … stockt oder so …«

Rosalie erkannte, was er meinte: ein Expandieren, gefolgt von einer Kontraktion, dann wieder Expansion. Systole, Diastole. »Es pulsiert.«

»Genau. Das war bei mir anders, es gab nur … es ist nur in eine Richtung passiert. Aber genau an derselben Stelle. Der Pol, oder eine Kuhle zum Pol hin oder so was, hat das Kunstzeugs gesagt. Vielleicht war das der Fehler: sich in die Luft zu sprengen, an genau der Stelle. Das hat hier nämlich wer gemacht. Als ob jetzt …«

»Die Platte hängt. Die Katze beißt sich …«

»… selber in die Eier, genau.«

»Und du? Du bist nicht verletzt?«

»Nicht richtig. Ich hab' mich zur Seite geschmissen, ein Splitter Plastik oder so was, aus dem Boden, ist mir ins Bein ge… hat mich am Bein getroffen. Ich hab' ihn rausgezogen. Das blutet noch so 'n bißchen, aber … es geht schon. Wartest du jetzt, bis ich da bin?«

»Klar. Mach' ich.«

Nicht, daß es einfach gewesen wäre, die paar Minuten auszuharren, den Blick vom wunderlichen Schauspiel der mißlingenden Wiederzusammensetzung von Käse und Millionärin abzuwenden und Hendrik nebenan, nur durch eine Wand und irgendwelche Meridiane von ihr getrennt, rumoren zu hören.

Er näherte sich, so klang das, dann entfernte er sich wieder, dann näherte er sich, und endlich kam er um die Ecke gehumpelt, schief grinsend, angeschlagen, zerzaust, aber mit beiden Händen an beiden Armen, die er um sie schlang wie sie ihre um ihn. Da waren sie beide froh, und weil es gerade paßte, küßte sie ihn.

Damit blieben sie eine Weile glücklich beschäftigt. Es hätte so weitergehen können, wenn nicht in diesem Moment am andern Ende des Flurs das Geld aus der Aufzugtür gekommen wäre.

Es warf die Hände in die Luft, als es die leuchtende Bescherung sah, und sagte: »Hilde! Nein! Bin ich denn nur von Idioten umgeben?«

40.

Zum Turm

Der Kommunist meinte unterwegs mehrmals, einen Trupp Aktuatoren erst am einen, dann am andern Ende der Brücke ausmachen zu können. Obwohl seine Augen sehr scharf waren, täuschte ihn da verständliche Aufregung. Bald erreichte er mit Ohne Titel, Mandelbaum und Bernd Vollfenster die nächste, sehr viel schmalere Treppe.

»Mach' dir nichts draus«, sagte Mandelbaum, den er trug.

»Bitte?«

»Ohne Titel hat recht. Ich meine, wegen der drei Leute, die du …«

»Ach das«, wischte der Kommunist den Gedanken an die Exnuß, den Exteufel und den Exausgestoßenen unwirsch weg, weil der ihn beschämte und ärgerte. »Das ist geschehen, daran läßt sich nichts ändern.«

Den Rest des Weges zum Turm, der sie etwa eine Stunde forschen Laufs kostete, legten sie stumm zurück. Endlich standen sie vor der Pforte. Bernd Vollfenster sagte, hörbar außer Atem: »Sieht … anders aus, als ich das … von … Frankfurt her … kenne.«

»Wundert mich nicht«, erklärte Ohne Titel, »das dort ist ja nur die Fassade der Fassade, während dies hier die Fassade hinter der Fassade ist, wenn ihr wißt, was ich meine.«

»Ehrlich … gesagt … nein«, keuchte Vollfenster. Der Kommunist wollte wissen: »Gibt es irgend etwas hinsichtlich der Sicherheitsvorkehrungen, die das Geld getroffen hat, was wir wissen müssen, bevor wir uns da rein wagen?«

»Aktuatoren dürften nicht viele drin sein«, sagte Ohne Titel, »die meisten hab' ich vorhin beim Überfliegen auf den Brücken rumkrabbeln sehen, bestimmt ein paar tausend.«

»Aber vor Sumsilatipak müssen wir uns in acht nehmen«, mahnte Mandelbaum.

Der Kommunist lachte trocken, Vollfenster fragte besorgt: »Sum… was ist Sum…?«

»Eine gefährliche Bestie, die über hypnotische …«, setzte Mandelbaum an, aber der Kommunist setzte ihn auf den Boden, winkte ab und wischte sich Lachtränen aus den Augen: »Bitte … aufhören … das ist ja nun wirklich *zu* blöd.«

»Wieso denn?«, Vollfenster war irritiert, er wollte das mit dieser Bestie dringend wissen.

Der Kommunist, dessen jahrelange Kreuzworträtsel-Löserei im feuchten Kellerloch sich jetzt bezahlt machte, schüttelte den Kopf, besiegte den Lachzwang und sagte: »Wirklich, wie im Kindergarten … da gibt es also ein Monster, um das Geld zu bewachen, und es heißt einfach ›Kapitalismus‹ rückwärts … wo bin ich hier bloß reingeraten?«

Mehr war dazu nicht zu sagen.

Rasch ging man durch die hohe Tür, um herauszufinden, wie lächerlich das Monster mit dem albernen Namen wirklich war.

41.

Verschränkung

»Ein bißchen schwindlig wird einem von so was schon«, fand Werner Holbach, als sich eine von ganz woanders stammende Treppe in das Dach bohrte, auf dem der Redakteur mit Schumpeters Geist und Professor Kilian stand.

Als drei schießende Leute wie aus dem Nichts auftauchten, die ihre Pfeile und Kugeln in eine

Richtung abfeuerten, die zur Frankfurter Dachwirklichkeit quer stand und nicht recht zu erkennen war, und als eine dieser Personen – es war der Exausgestoßene, aber das wußten die drei Logenplatzinhaber nicht – Holbach und Professor Kilian aufforderte, »ein bißchen nach rechts« zu gehen, »damit wir hier weiterballern können«, wandte sich Schumpeter an Holbach und sagte: »Ich kann gar nicht hingucken. Es dreht mir den Magen um.«

»Ein gutes Zeichen«, erklärte Holbach. »Die Topologie modelt sich offenbar neu, zwischen Jenseits und Diesseits. Es könnte ein Echo sein – vielleicht haben die Gegner von Monogenis Erfolg, oder werden ihn haben, und das wirft Effekte in beide Richtungen unserer Zeitdimension.«

»Sie schlagen also vor, zu … Sie formulieren, äh, eine Proposition derart, daß, wenn weil Sie also meinen, das das das hier«, erkundigte sich Hendriks Vater hoffnungsvoll, »ist im Sinne eines … einem … hat sich hinsichtlich als … der Effekt von von von etwas, was erst noch passiert gewesen sein … haben wird?«

»Wenn ja, dann hoffe ich, daß es bald passiert«, sagte Holbach und deutete auf den Exteufel, weil er der erste der drei Treppenverteidiger war, den die Aktuatoren mit ihrem Gegenfeuer erwischten.

Der Arme fiel die plötzlich leicht verdrehte, schraubengleich ins Dach des Redaktionsgebäudes gebohrte Treppe hinunter, oder hinauf, und wurde sofort unsichtbar.

»Scheibenkleister!« fluchte die Exnuß. Der Exausgestoßene mußte lachen, während er sein vorletztes Projektil aus dem Rucksack unter Mühen in seine tarngrüne Ricsenwaffe lud.

»Was passiert, wenn die die andern Personen zwei … beiden zwei Individuen … auch noch …?« sorgte sich Professor Kilian.

»Dann sind, nehme ich an«, sagte Holbach, »wir dran.«

42.
Geld wird unwirsch

Rosalie und Hendrik waren dem Geld noch nie persönlich begegnet.

Sie kannten es nur als Zahlungsmittel der Gesellschaftsordnung, in der sie groß geworden waren.

Trotzdem wußten sie sofort, wen sie vor sich hatten.

Es war nicht leicht zu sagen, welchem Geschlecht die Gestalt im blauen Schlafrock mit den samtroten Pantoffeln angehörte, vielleicht dem der Neutren. Auch ihr Alter gab Rätsel auf, man bekam selbst bei längerem Hinsehen nicht heraus, ob sie mit der Zeit gealtert oder mit ihrer Jugend haushälterisch umgegangen war, damit sie ihr für alle Zeiten dienlich sei. Insektenhaft, asketisch wirkte das Wesen – und unverkennbar sehr in Rage: »Diese Deppen! Was stellt sie sich auch mitten rein, und das an diesem Punkt!«

»Was … ist denn passiert? Was meinen Sie?« rief Rosalie und fragte sich zugleich, ob es eigentlich das Richtige war, das Geld zu siezen, während Hendrik ihr einen Blick schenkte, der sagen sollte: Ich glaube, wir sollten es nicht auch noch auf uns aufmerksam machen, sondern lieber froh sein, wenn es uns nicht in der Luft zerreißt.

»Passiert? Was passiert ist?« schrie das Geld, und die Schlagader am zerknitterten Schildkrötenhals schwoll mächtig an. »Meine Braut, ihr Schmierlappen, ist in die

Luft geflogen und kann sich nicht wieder zusammensetzen, weil sie im Moment der Explosion falsch in die zeitförmige Geodätische getreten ist, auf der dieser strohdumme Käse stand! Jetzt, liebe Mistkinder, geraten die Fragmente des Käses und die meiner Braut einander ständig in die Quere und … Arrhh! Warum erkläre ich euch das überhaupt? Habt ihr vielleicht ein Hirn zum Denken? Habt ihr nicht! Grrraah!«

Fast bekam Rosalie Mitleid, so außer sich vor Zorn und echter Verzweiflung war die Figur, womöglich den Tränen nahe.

»Aber sind Sie nicht … hier zuständig? Sind Sie nicht«, es kam ihr lachhaft vor, das auszusprechen, erstens, weil es sich komisch anhörte, und zweitens, weil es trotzdem offensichtlich war, »das Geld?«

Das Wesen funkelte sie böse an, sog Luft durch geweitete Nasenlöcher, bebte und überlegte wohl, was es antworten sollte. Rosalie spürte, wie Hendrik, der sie immer noch festhielt, seine Armmuskeln spannte, und fand das fast lustig: süß, mein Held. Hoffentlich spielt er sich nicht gleich auf, sonst sind wir geliefert.

»Das Geld?« schrillte das Geschrumpel mit sich überschlagender Stimme. »Das Geld? Freilich bin ich das Geld! Eine anthropomorphe Repräsentation davon jedenfalls, damit ich hier rumlaufen kann! Was glaubst du, wie ich Hilde Pinguin hätte ein Kind machen sollen, wenn ich nicht …«

»Du bist Cleas Vater?« staunte Hendrik und wußte nicht, ob er das komplett irr, eher eklig oder einfach weltüberseltsam finden sollte.

»Vater, Mutter, was auch immer bei euch üblich ist«, zeterte das Geld, »jedenfalls, eins bin ich nicht, auch wenn ich diesen Laden so zusammengeklebt habe, wie er jetzt dasteht: allmächtig. Schließlich heiße ich nicht Gott.«

»Allerdings. Denn dann wärst du nicht Cleas Vater, sondern meiner.«

Das Geld, Rosalie und Hendrik zuckten gleichzeitig zusammen: Woher war diese Stimme gekommen? Gedämpft, aber deutlich – aus der Wand?

»Wer … wo? Wo! Wer!« schäumte das Geld. Hendrik, viel ruhiger, sagte nur: »Wo bist du?«

»Ich habe dem häßlichen Treiben wahrlich lange genug zugesehen«, sagte die Stimme tadelnd, »aus der Distanz.«

»Lügen! Es gibt keine Distanz mehr! Ich hab' alles zusammengeknotet! Es gibt kein ›draußen‹!« schrie das Geld.

»Ruft mich herein, dann kann ich kommen, und wir werden sehen, ob ich von draußen bin«, sagte die Stimme. Hendrik zuckte die Schultern und sagte, fast gleichzeitig mit Rosalie: »Okay. Äh, tja, also: Komm rein.«

»Ich bin schon förmlicher gebeten worden«, sagte die Stimme. Dann gab sich der, welcher so redete, als der Cowboy Jesus zu erkennen.

Ohne Zögern trat er auf den Flur und ermahnte das Geld: »Und du hörst jetzt mal auf zu toben. Du hast genug angerichtet! Was ihr tun könnt und müßt«, er nickte den beiden Menschen zu, die davon das Gefühl bekamen, er meinte mit »ihr« vielleicht nicht allein sie, sondern überhaupt alle Menschen, »werde ich euch natürlich nicht abnehmen. Aber ein klares Wort muß gesprochen werden. Gehen wir zur Empfangshalle, bevor dein dummes Untier«, er maß das Geld mit strengem Blick, »ihren Vater«, er sah zu Rosalie, »den Kommunisten, Ohne Titel und den Hasen auslöscht.«

43.
Mordlust und Getrampel

Die Empfangshalle machte ihrem Namen Ehre: Ein Empfang fand statt, wenn auch kein freundlicher.

Jede Hoffnung, es möchte vielleicht doch gut ausgehen, wurde für Bernd Vollfenster, den Kommunisten, Ohne Titel und Mandelbaum in dem Augenblick zunichte, da Sumsilatipak nicht nur aus der Aufzugtür, sondern buchstäblich aus der Wand gebrochen kam.

Als er das Monster sah, stürzte Vollfenster zu Boden. Auch der Kommunist war nicht so kühn, daß er ihm zu trotzen wagte. Er rannte vielmehr erst hinter eine, dann hinter eine andere Säule und wußte, daß er dieses Spiel nicht lange würde durchhalten können. Ohne Titel wurde von Sumsilatipak plattgestampft, Mandelbaum achtlos an die Wand geworfen. Wer hätte dem Ungetüm den Panzer ausziehen können? Wer durfte es wagen, ihm zwischen die Hauer zu greifen? Wer konnte die Tore seines Rachens auftun?

Um seine Zähne herum herrschte Schrecken, stolz standen sie wie Reihen von Schilden, geschlossen und eng aneinandergefügt. Sein Niesen ließ Licht aufleuchten, seine Augen waren wie die Wimpern der Morgenröte, aus seinem Rachen fuhren Fackeln und feurige Funken. Aus seinen Nüstern fuhr Rauch wie von einem siedenden Kessel und Binsenfeuer, sein Odem war wie lichte Lohe, und vor ihm her tanzte die Angst.

Vor allem aber brach es jeden Willen. Schnell war Vollfenster bezwungen, der nun gemeinsam mit dem Untier brüllte und tobte, wenn auch kleiner, fast putzig neben seinem neuen Herrn: »Komm raus, Kommunist! Zeig' dich, ergib dich!«

Der Kommunist sah all das flach auf dem Bauch liegend, unterm Empfangstisch, und fand es schrecklich, aber lange nicht so schlimm wie das, was dann kam.

Denn so klar dem Kommunisten war, daß es gegen diese Katastrophe mit dem kindischen Namen in ihrem gewalttätigen Furor keine Hilfe gab, so sicher war er sich insgeheim gewesen, daß vielleicht nicht gewöhnliche Sterbliche wie Vollfenster, aber doch die wahren Wunder dieses Abenteuers, Mandelbaum und Ohne Titel, der willensbrechenden Hypnose etwas entgegensetzen konnten.

Er hatte sich gründlich geirrt.

Der Anblick seiner drei Genossen im Bann von Sumsilatipak versetzte ihn in hilflose Empörung. Daß er kriechen mußte, um ihnen auszuweichen, tat seinem alten Rücken gar nicht gut.

Ohne Titel storchte ungelenk auf dem teuren Teppichboden durch die Halle und gab immer wieder nur den einen Satz von sich: »Sei doch vernünftig, alter Mann!«

»Widerstand ist zwecklos!« ergänzte Vollfenster und lief in unverständlichen Zickzackbahnen zwischen Eingangstür und Aufzug hin und her, während das Monster, das drei der vier Eindringlinge erfolgreich abgerichtet hatte, auf seinem breiten Hintern vor einem Getränkeautomaten selbstgefällig in sich ruhte.

»Er meint es gut! Es ist zu Ihrem Besten!« bekräftigte piepsend, aber heiser Mandelbaum, dessen normalerweise schwarze Knopfaugen wie winzige Blutrubine glommen. Als der bodennächste unter den Verfolgern stellte er für den Kommunisten die unmittelbar größte Bedrohung dar. Auf Händen und Knien, den Bart um den Hals geschlungen wie einen Schal, wich dieser dem Verhängnis aus, so gut und so lange er konnte.

Nicht Mandelbaum, sondern Ohne Titel trieb ihn schließlich beim Versuch, sich dicht an der Wand zum Treppenaufgang zu schleichen, in die Ecke und machte ihm die bizarre Vorhaltung: »Wie kann man nur mit solcher Halsstarrigkeit den Betrieb aufhalten? Wir könnten längst auf Patrouille sein!«

»Rutsch mir doch den Buckel runter, Renegat!« sagte der Greis, dem die Demütigung nicht erspart blieb, sich von Vollfenster aufhelfen zu lassen, der ihm dabei begütigend auf der Schulter herumklopfte: »Na, na! Es wird schon alles! Jetzt kommen Sie mal schön mit und hören sich an, was unser großer Freund für Argumente hat!«

»Die kenne ich. Ich habe gesehen, wie er euch verblödet hat!« schimpfte der Alte und drückte beide Augen zu, so fest er konnte.

»Du willst also nicht einsichtig sein?« donnerte Sumsilatipak, als Ohne Titel, Vollfenster und der dieser unschönen Prozession voranhüpfende Mandelbaum den Kommunisten vor den Unhold führten. »Die Augen nicht öffnen?«

»Niemals!« sagte der Alte.

»Was macht dich so sicher, daß ich darauf angewiesen bin, dich zu rekrutieren?«

»Sie sollten sich ihm wirklich von einer netteren Seite zeigen …«, flüsterte Vollfenster dem Alten erregt ins Ohr, der den Kopf wegbewegte, als hätte ihn wer mit einer ansteckenden Krankheit angehaucht.

»Bitte sehr!« röhrte Sumsilatipak. »Dann eben anders – hungrig bin ich sowieso!«

Eine Welle backofenheißer Luft wehte den Kommunisten an. Das also, dachte er, ist jetzt das Ende, na immerhin, wenigstens erwischt es mich nicht beim Herumrutschen auf den Knien.

»Genug!« befahl eine Stimme, die dem Kommunisten interessant und unerwartet genug vorkam, daß er zumindest das rechte Auge nun doch öffnete und den Cowboy Jesus hinter Sumsilatipak erblickte.
»Du?« höhnte das Monster, das seinen stumpfen Kopf offenbar mühelos um 180 Grad auf seinem kurzen Hals herumdrehen konnte. »Was willst du denn, du Hänfling?«
»Ich habe dich schon mal aus einem Tempel geprügelt. Erinnerst du dich?« drohte der Heiland.
»Ach das«, lachte das Ungeheuer, »das war vor zweitausend Jahren! Du ahnst nicht, wieviel stärker ich geworden bin!«

»Mag sein. Aber ich«, sagte der Cowboy Jesus kühl, »kann inzwischen Kung-Fu!«

Mehr mußte nicht geredet werden.

Ohne Titel, Mandelbaum, Vollfenster und der Kommunist suchten Deckung und fanden sie hinter einem Blumentopf mit Zimmerpalme darin, wo sie Hendrik, Rosalie und das Geld bereits erwarteten.

Sumsilatipak röhrte. Jesus nahm Kampfstellung ein.

Jedes Herz im Saal schlug noch einmal.

Dann ging's zur Sache.

44.

Fallout

»Jetzt, wage ich zu behaupten, wird das Bild davon, wie wir uns hier befinden und wie nah das Ende ist, aber doch schon sehr deutlich«, bemerkte umständlich und einen anderen zitierend, mit einem Pfeil in der Brust, Werner Holbach.

Dies geschah unter fortwährendem Beschuß seitens der Aktuatoren, die den Exausgestoßenen und die Exnuß soeben überrannten.

Holbach sagte, was er noch zu sagen hatte, zu Schumpeters Geist, als die ersten Brocken des zerschmetterten Leibes der Bestie Sumsilatipak meteorgleich vom schiefen Himmel auf die durchgebogene Welt stürzten.

Häuser, Türme, Tore, Straßen wiegten sich im Takt des Einschlags der Monstergliedmaßen und Rückgratbausteine.

Schumpeter, der eben Zeuge wurde, wie Gefiederte Hendriks armen Vater in die Mangel nahmen, der ihnen mehr aus Trottelei denn Mut im Weg zu stehen wagte, wußte auf Holbachs Einlassung nichts weiter zu erwidern als: »Ich hoffe doch, wir haben das Schlimmste gleich hinter uns.«
Er lag nicht falsch.

45.

Opfer bringen

»Es tut mir leid. Ich weiß zwar, was in mich gefahren ist«, sagte Mandelbaum zum Kommunisten, »und könnte mich darauf herausreden, aber das ändert nichts daran, daß es mir leid tut.«
»Schon gut«, sagte der Kommunist und schenkte auch Bernd Vollfenster einen alles verzeihenden Blick.
»Ich hab' was im Hals«, knurrte Ohne Titel, dem überhaupt nichts peinlich war.
»Das kann nicht sein«, widersprach Hendrik, »du hast keinen Hals.«

Anstatt darauf zu antworten, hustete Ohne Titel und spuckte Clea aus. Geheilt, blitzsauber und reichlich schön war sie, trug andere Kleidung als jene, die sie vor dem Verschlucktwerden durch Ohne Titel angehabt hatte: ein langes weißes Gewand. Alle staunten, auch der Cowboy Jesus.

»Ich hab' ganz tolle Sachen gesehen«, sagte Clea, »ich war mitten in der Kunst.«

Das Geld rümpfte die Nase: »Wird schon so was gewesen sein«, aber als der Cowboy Jesus es mit seiner ganzen Autorität nur einen Augenaufschlag lang fixierte, schaute es besiegt zu Boden. Die böse alte Unterlippe zitterte, mehr wagte sie nicht. Man scharte sich um den Cowboy Jesus, staunte ihn ordentlich an und war davon beeindruckt, wie gleichmütig er das ertrug.

»Wo genau«, fragte Hendrik, »kommst du eigentlich her? Es gibt doch kein ›draußen‹ mehr.«

»Willst du ihnen das erklären, Mandelbaum?« fragte der Heiland lächelnd. »In kosmologischer Theologie bist du firm genug.«

Mandelbaum, den Rosalie wieder an seinen Lieblingsplatz auf ihrer Schulter gesetzt hatte, räusperte sich putzig, deutete eine Verbeugung gegen den Retter an und sagte: »Ganz genau kann man diese Dinge natürlich nicht wissen. Wo bliebe sonst der Glaube?«

Der Kommunist machte dazu eine leicht mißbilligende Miene, blieb aber still, schließlich hatte das Eingreifen des Erlösers vor allem ihn gerettet.

»Aber soweit man dazu überhaupt etwas sagen kann«, führte der Hase aus, »kommt er nicht von draußen, sondern im Gegenteil von sehr weit drinnen – aus den kleinsten Bausteinen der leeren Raumzeit selber, aus den Urzellen jeder Topologie, nämlich aus winzigen Wurmlöchern, die …«

»Wenn ich noch eine einzige von diesen Erläuterungen, die alles immer nur noch wirrer machen, als es eh schon ist, ertragen muß, fange ich an zu bellen!« rief Hendrik.

Der erste, der ihm lachend zustimmte, war der Cowboy Jesus.

Dann freilich wurde er ernster. Er wies auf Clea, sah dem Geld in die ungesund gelben Augen und sagte: »Dem Zustand des Mädchens nach zu urteilen hast du also begonnen, dich wieder aus der denkenden und Zwecke setzenden Welt zurückzuziehen, wo du nichts verloren hast. Bereust du? Siehst du ein, daß das Mädchen das einzig Gute ist, das du hüben und drüben ermöglicht hast?«

Das Geld verzog die Fratze zu einer Grimasse weinerlichen Selbstmitleids und klagte: »Ich hätt' ja gar nicht … wollt' ja nur … aber da war dieser Plan, Monogenis … der hätte mich entweder zerteilt, einen Teil von mir in Deutschland eingeschlossen und den Rest verstümmelt, oder mich in Deutschland eingesperrt, beziehungsweise ausgesperrt … und dann hat man sie entführt, die unschuldige, die brave, kleine …«, es hatte sich Clea genähert und versuchte, den reisigtrockenen Arm um sie zu legen. Ganz unabsichtlich, rein instinkthaft wich sie zurück.

»Siehst du?« mahnte der Cowboy Jesus. »Du hast an ihrem Werden Anteil gehabt, aber jetzt kannst du ihr nichts mehr geben. Du bist nur Geld.«

»Ich bin ein Elternteil.«

»Eltern sind solche, die geben, was Eltern geben sollten«, sagte der Cowboy Jesus.

»Das ist wie mit dem Nächsten, stimmt's?« überlegte Rosalie laut. »In der Samaritergeschichte, mein' ich. Mein Nächster ist, der mich braucht und dem ich helfen kann und so.«

Jesus sah sie nachdenklich an und lächelte melancholisch: »Stimmt, die Samaritergeschichte. Die hätte noch besser gepaßt als das mit den Eltern.«

»Die alten Hits sind die besten, was?« trumpfte Ohne Titel jovial auf.

»Was passiert jetzt?« wollte Hendrik wissen.

»Nun, mal sehen«, sagte der Heiland nachdenklich. »Was mich angeht: Ich bin natürlich, wie gehabt, bei euch bis ans Ende aller Tage, wo zwei oder drei von euch in meinem Namen versammelt sind …«

»Soll heißen, seinen Teil der Teufelsaustreibung hat er geleistet. Er macht sich mal wieder bis auf weiteres vom Acker«, übersetzte Ohne Titel gewohnt respektlos.

»Und das abgedichtete Deutschland? Und Cleas Mutter?« fragte Rosalie.

»Was ist mit meiner Mutter?« Clea war alarmiert, wenn auch nicht übermäßig.

»Ein Käse hat sie gesprengt«, sagte Hendrik und sah Clea dabei so an, daß sie merkte: Es tat ihm wirklich leid. Ein bißchen verwundert stellte sie insgeheim bei sich fest, daß seine Meinung und seine Empfindungen für sie nicht mehr gar so interessant waren. Sie hatte zuviel Abstraktes gesehen. Das bißchen konkreter Ehrgeiz, Rosalie den Liebsten auszuspannen, war dabei verschrumpelt und gestorben.

Vielleicht hatte es sich dabei nie um mehr gehandelt als den Wunsch, die Rivalin zu übertrumpfen.

»Du siehst, du mußt loslassen«, sagte der Erlöser zum Geld. »Die Meridiane werden sich neu ordnen. Vieles wird ungeschehen sein.«

»Vieles. Nicht alles«, murrte das Geld, »ich bin nämlich nicht an allem schuld, was schiefgegangen ist.«

»Das stimmt«, konzedierte der Cowboy Jesus. »Dennoch verlange ich von dir, daß du mehr tust, als einen Teil deines Willens fahrenzulassen, wie du's getan hast, um das Fiebergift aufzulösen, das im Körper des Mädchens gebrannt hat.«

»Was soll ich machen?« Das Geld schob sein spitzes Kinn vor. Es sah nicht gewinnend aus.

»Gib deinen Geist auf. Er steht dir nicht zu.«

»Ha!« rief das Geld aus, »eine feine Nächstenliebe!«

»Du bist niemandes Nächster, nur jedermanns Nächstliegendes«, sagte der Cowboy Jesus.

»Na gut! Schön! Macht doch alle, was ihr wollt!« Damit warf das mickrige Böse die Arme in die Luft und verdampfte.

Zurück blieben sein Schlafrock und bei allen außer Jesus und dem Kommunisten viel Betretenheit.

Draußen wurde es zügig dunkler.

Man stand in kleinsten Gruppen zusammen und redete sich ein wenig Ruhe nach dem Sturm herbei. Rosalie hörte Mandelbaum leise mit dem Heiland tuscheln, sie verstand nur Satzfetzen: »… noch froh sein, daß sie bei der Schließung nach ihren barbarischen Blutskriterien selektiert haben und nicht nach sexuellen …« »… du meinst, das Mädchen und der Junge …« »… mehrere der Leute, die am glücklichen Ausgang beteiligt waren, sind nicht halb so hetero, wie sie wirken und glauben …« »… daß sie selber nicht wissen, ob …« »… andere Geschichte, andermal …« Schließlich räusperte sich der Erlöser.

»Die Dinge normalisieren sich«, stellte er befriedigt fest, hob die Hand zum Gruß und sprach: »Mein Werk ist getan. Schalom!«
Weg war er.
Mehr Verlegenheit.

Schließlich stieß Ohne Titel Mandelbaum auf Rosalies Schulter mit einem seiner Greifarme sacht an: »Fehlt nicht noch eine Kleinigkeit zur völligen Bereinigung?«
»Na ja …«, Mandelbaum druckste.
»Also, sag's ihnen schon. Einer muß es auf sich nehmen.«
»Was auf sich nehmen?« fragte Bernd Vollfenster.
»Jemand …«, begann Mandelbaum zögerlich, »… muß die Geschichte … öffnen. Die … Topologie, die Form der Raumzeit muß ein Loch kriegen, um das abgeschlossene Land zu punktieren. Und das geht nur, wenn die Weltlinie irgendeiner Person in dieser Geschichte als Tangente von hier abzweigt …«
»Dialektik«, sagte der Kommunist, der plötzlich verstand, was gemeint war. Als sich alle Gesichter ihm zuwandten, führte er aus: »Wir sind aus dem verkehrten Diesseits ins wahre Jenseits gegan-

gen. Damit die Dinge wieder in Ordnung kommen, muß ein neues Diesseits entstehen, und das klappt nur, wenn jemand ins Jenseits des Jenseits geht. Die Verneinung der Verneinung. Wie bei Hegel und Marx.«

»Klingt wirr«, fand Hendrik.

»Jemand muß also hier einschlafen und träumen, aber nicht davon, wie es drüben ist oder war, sondern von einer neuen Welt …«, sagte Ohne Titel.

»Vielen neuen Welten. Unendlich vielen. Allen. Das Gegenteil der Abdichtung eben: totale Öffnung«, sagte Mandelbaum.

»Und wer das macht, kann nicht nach Hause zurück«, ergänzte Ohne Titel, »weil es ihn oder sie dann in der Welt, in die Deutschland zurückkehrt, nie gegeben hat.«

»Wieso macht ihr es nicht? Du oder der Hase?« meinte Bernd Vollfenster, dem sprechende Kunstwerke und allwissende Stofftiere nach wie vor unheimlich waren.

»Weil unsere Weltlinien eh nicht dazugehören. Die sind kompakter, auf den normalen aufgerollt«, sagte Ohne Titel, und das für Bernd Vollfenster Unangenehmste an dieser Auskunft war, daß sie ihm absolut plausibel vorkam.

»Okay«, sagte Hendrik und löste sich von Rosalie, »was soll's. Wenn's einer machen muß, dann mach' ich's halt.«

»Das darfst du nicht so flapsig entscheiden«, murrte Mandelbaum, weil er die schwere Verantwortung haßte, jemanden weißgottwohin zu schicken. »Das will überlegt sein.«

»Ich dachte, es gibt da Abenteuer? Und man wird Weltüberheld dadurch? Klingt doch gut! Außerdem wird es draußen langsam dunkel, also … na ja … wie hat Rosalie gesagt: Gute Nacht, aber nicht auf Wiedersehen!«

»Sicher, es gibt Abenteuer«, piepste der Hase, »aber den Reisenden erwarten auch die sieben

Schatten der Traurigkeit. Die Blumen des Öden. Alte Varietéshows. Und endlose Reisen, nirgends Rast, Welten über Welten …«

Er schwieg. Ein paar Minuten lang sagte niemand etwas.

Rosalie sah Hendrik an, danach den Kommunisten, ihren Vater, dann das Kunstwerk. Schließlich nahm sie Mandelbaum von ihrer Schulter, stellte ihn auf Ohne Titel, zwinkerte ihm zu und sagte: »Ist das eigentlich zwingend, daß das … dieses Durchstoßen der Plombe nur eine Person alleine machen kann? Oder könnte man es auch zu zweit tun?«

46.

Neu normal

Vieles wurde wieder beinahe so, wie es gewesen war, und konnte gerade dadurch endlich anders werden, wenn auch nicht unbedingt besser.

Bernd Vollfenster, Mitherausgeber der Erhabenen Zeitung, lebte mit seiner Frau Hilde und ihrer gemeinsamen Tochter Clea in Frankfurt am Main. Die Tochter schlug zum Kummer ihrer Eltern aus der Art. Sie interessierte sich weder für Zeitungen noch fürs Geldausgeben, sondern ausschließlich für Kunst. Als Bernd Vollfenster ihr statt Pferd und Auto, die sie beide nicht wollte, schließlich seufzend ein Kunstwerk schenkte, das er beim angesehenen Kunsthändler Büsner erworben hatte, wurde die Marotte nicht besser, sondern schlimmer: »So was wie dieses Ohne Titel, das will ich auch machen!« Bald fand sie außerdem eine neue Liebe, nämlich ein schönes Menschenkind mit libanesischen Eltern, dessen Geschlecht hier nicht verraten wird, psst.

Bernd Vollfenster machte sich beim Zeitunglesen jetzt öfter Sorgen und entwickelte über der davon wachgerufenen Feinfühligkeit ein ausgeprägtes soziales Gewissen, das ihn veranlaßte, die Geschäftsleitung seiner Zeitung dazu zu überreden, das Anheuern von biomedizinisch verbesserten Affen und Delphinen zu widerrufen und wieder Menschen anzuwerben. Einen dieser Botenjobs ergatterte ein bis dahin Ausgestoßener, der sich, statt zu betteln, fortan aufs Stehlen in den Redaktionsbüros verlegte und dabei nie geschnappt wurde.

Ein armer Teufel und eine taube Nuß, die sich aus beruflichen Gründen oft im Nordsee-Restaurant am Frankfurter Hauptbahnhof aufhielten, lernten einander kennen. Sie kamen ins Gespräch, verliebten sich und traten am selben Tag in eine neugegründete Gewerkschaft prekär Beschäftigter ein, die der älteste Kommunist Deutschlands, der sich seine Rente mit Müllaufleserei rund um öffentliche Gebäude aufbesserte, wenige Tage zuvor gegründet hatte.
Von einem kauzigen linken Blättchen befragt, warum er sich dazu entschlossen habe, auf seine alten Tage noch in die aktive Politik zu gehen, erklärte der Greis: »Was soll ich sonst machen, im Keller sitzen und mich übers Fernsehen aufregen?«
Von Pütterwitz unterrichtete Physik an einer der letzten Gesamtschulen.
Familie Kilian hatte ausreichend Kinder; nie wurde da eins vermißt.

47.
Weit gereist

Rosalie und Hendrik lernten auf ihren Fahrten Gegenden kennen, die man nicht beschreiben kann. Sie führten viele Leben, die erstaunlich waren. Sie liefen vor nichts weg und suchten nach nichts, ausgenommen vielleicht nach Mandelbaum. In einem Haus an einem Meer fanden sie zwar nicht ihn, aber ihre erste Spur: einen Stoffhasen, der wirklich nur ein Stoffhase war.

Da wohnten sie eine Weile und überlegten sich, ob sie wieder aufbrechen sollten, obwohl es ihnen noch nirgends so gut gefallen hatte.

48.

Bekenntnisse

»Ich mag dich jetzt nur festhalten«, sagte Rosalie, »und dir beim Atmen zuhören. Klingt wie das Meer, wenn es durch die Bäume flüstert. An deiner Schulter kann ich mich ausweinen, und die Wellen schlagen draußen, und die Küste verschwindet. Mach' die Augen zu. Wir fliegen dahin zurück, wo wir schon mal waren. Weißt du, wo das ist? Wo der grüne Phosphorschein wie Blitze übers Meer geht.«

»Wir sind überall immer nur eine Weile«, sagte Hendrik, »auch am Leben. Nicht für immer.«

»Ich hab' keine Angst«, sagt Rosalie, »wenn die sieben Schatten der Traurigkeit kommen. Ich höre die Wellen rollen. Ich kann dir winken, wenn du woanders bist als ich. Dann lachen die Vögel, und die Tiere im Wasser holen sich von mir ein Lied. Und wenn ich nicht gestorben bin, dann komm' ich schon zurecht.«

»Sind diese ganzen Welten«, fragte er, »vielleicht nur eine Welt? Wie hängt alles zusammen?«

»So, wie wir's verbinden«, sagte Rosalie.

Thankee-sai vom Verfasser

Piwi, Mareike, Jarvis Cocker (für »Common People«), Thomas Brill, The Avett Brothers, die Mainzer, Eighth Blackbird, Michael Staudt, David Stove, Bob Seger, Michael Marano, Rabindranath Adorno, Antisexistische AntirassistInnen Betzenhausen, Habliziraptor, Iris Hausfrau, Thomas Ebermann, Hermann L. Gremliza, Marit Hofmann, www.peter-hacks.de, Beth Nielsen Chapman, Jörg, Werner, Diedrich, Tom, Hark the Shark, Heike Aumüller, Johannes Frisch, Jens Friebe, Thomas Weber, Tanja, Jan Werner, Andi Thoma, Ingoh Brux, André Bücker, Vanessa Carlton, Isabelle Barth, Ines Schiller, Dascha Trautwein, Volksfront von Judäa, Judäische Volksfront, Sister Suhr, Lukas Tauris, Familie Farczády, Lexi Laphroaig, Cathrin Clynelish, Torsten Talisker, Henning Ritter, Conny Cardew, Lillian C. Dams, Fe, Andreas, Stefanie, Verena, Annekathrin, Friederike, Elke, Barbara, Mark Ginzler, Hanne, Doris.